FICHES détachables

Objectif BAC

1re générale

W0461349

Enseignement scientifique

Pierre BINZ
Professeur agrégé
de Sciences de la Vie et de la Terre

Sébastien DESSAINT
Professeur certifié de Physique-Chimie

Nathalie THAU
Professeure agrégée
de Sciences de la Vie et de la Terre

hachette
ÉDUCATION

Pour réviser efficacement !

Des fiches synthétiques et complètes

Des fiches pratiques à emporter partout

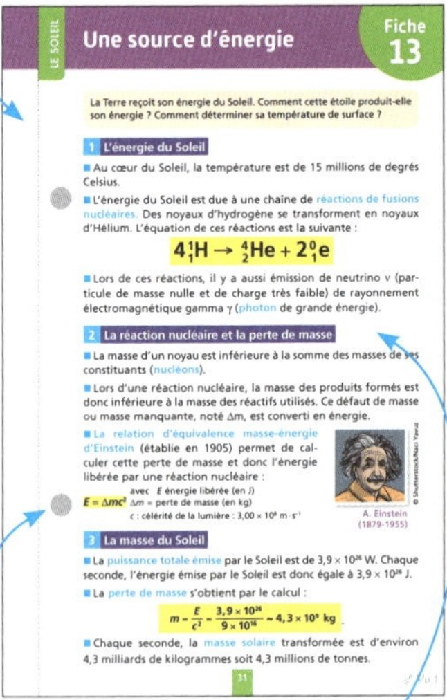

LE SOLEIL

Une source d'énergie

Fiche 13

La Terre reçoit son énergie du Soleil. Comment cette étoile produit-elle son énergie ? Comment déterminer sa température de surface ?

1 L'énergie du Soleil

- Au cœur du Soleil, la température est de 15 millions de degrés Celsius.
- L'énergie du Soleil est due à une chaîne de réactions de fusions nucléaires. Des noyaux d'hydrogène se transforment en noyaux d'Hélium. L'équation de ces réactions est la suivante :

$$4\,{}^{1}_{1}H \rightarrow {}^{4}_{2}He + 2\,{}^{0}_{1}e$$

- Lors de ces réactions, il y a aussi émission de neutrino ν (particule de masse nulle et de charge très faible) de rayonnement électromagnétique gamma γ (photon de grande énergie).

2 La réaction nucléaire et la perte de masse

- La masse d'un noyau est inférieure à la somme des masses de ses constituants (nucléons).
- Lors d'une réaction nucléaire, la masse des produits formés est donc inférieure à la masse des réactifs utilisés. Ce défaut de masse ou masse manquante, noté Δm, est converti en énergie.
- La relation d'équivalence masse-énergie d'Einstein (établie en 1905) permet de calculer cette perte de masse et donc l'énergie libérée par une réaction nucléaire :

$E = \Delta m c^2$ avec E énergie libérée (en J), Δm = perte de masse (en kg), c : célérité de la lumière : $3{,}00 \times 10^8$ m·s^{-1}

A. Einstein (1879-1955)

3 La masse du Soleil

- La puissance totale émise par le Soleil est de $3{,}9 \times 10^{26}$ W. Chaque seconde, l'énergie émise par le Soleil est donc égale à $3{,}9 \times 10^{26}$ J.
- La perte de masse s'obtient par le calcul :

$$m = \frac{E}{c^2} = \frac{3{,}9 \times 10^{26}}{9 \times 10^{16}} \approx 4{,}3 \times 10^9 \text{ kg}$$

- Chaque seconde, la masse solaire transformée est d'environ 4,3 milliards de kilogrammes soit 4,3 millions de tonnes.

31

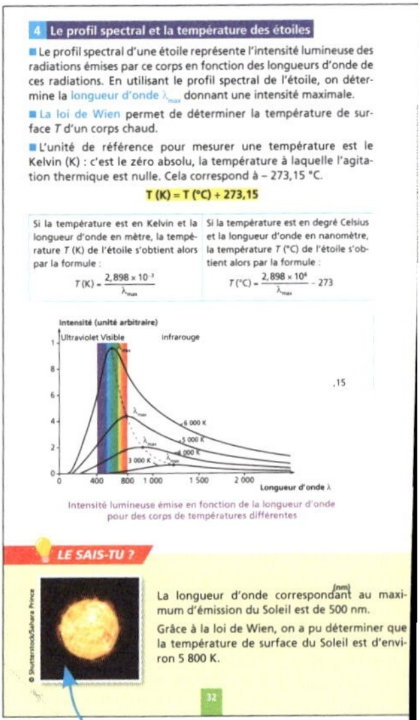

4 Le profil spectral et la température des étoiles

- Le profil spectral d'une étoile représente l'intensité lumineuse des radiations émises par ce corps en fonction des longueurs d'onde de ces radiations. En utilisant le profil spectral de l'étoile, on détermine la longueur d'onde λ_{max} donnant une intensité maximale.
- La loi de Wien permet de déterminer la température de surface T d'un corps chaud.
- L'unité de référence pour mesurer une température est le Kelvin (K) : c'est le zéro absolu, la température à laquelle l'agitation thermique est nulle. Cela correspond à − 273,15 °C.

T (K) = T (°C) + 273,15

Si la température est en Kelvin et la longueur d'onde en mètre, la température T (K) de l'étoile s'obtient alors par la formule : $T(K) = \frac{2{,}898 \times 10^{-3}}{\lambda_{max}}$	Si la température est en degré Celsius et la longueur d'onde en nanomètre, la température T (°C) de l'étoile s'obtient alors par la formule : $T(°C) = \frac{2{,}898 \times 10^{6}}{\lambda_{max}} - 273$

Intensité lumineuse émise en fonction de la longueur d'onde pour des corps de températures différentes

LE SAIS-TU ?

La longueur d'onde correspondant au maximum d'émission du Soleil est de 500 nm.

Grâce à la loi de Wien, on a pu déterminer que la température de surface du Soleil est d'environ 5 800 K.

32

Un plan simple à mémoriser

Des exemples concrets pour illustrer le cours

Les marques pour perforer et ranger les fiches dans un classeur

PAPIER À BASE DE FIBRES CERTIFIÉES

hachette s'engage pour l'environnement en réduisant l'empreinte carbone de ses livres. Celle de cet exemplaire est de : 0,4 Kg. éq. CO_2 Rendez-vous sur www.hachette-durable.fr

Conception graphique
Couverture : Stéphanie Benoit
Intérieur : Mélissa Chalot

Réalisation
Couverture : Stéphanie Benoit
Mise en pages : STDI ; Ma petite FaB
Édition : Adeline Pécout

www.parascolaire.hachette-education.com
ISBN : 978-2-01-723150-9

Achevé d'imprimer en juin 2023 par l'imprimerie Chirat en France
Dépôt légal : juillet 2023 - Edition 01 - 80/9553/5

Sommaire

La musique ou l'art de faire entendre les nombres

Entendre la musique

Descriptif du contrôle continu

1 Le contrôle continu comptant pour le bac

■ **En Première**, pour les élèves ayant choisi les mathématiques parmi leurs 3 enseignements de spécialité, la moyenne des notes du contrôle continu annuel (évaluations en classe) **en enseignement scientifique** comptera pour **3 % de leur note finale au bac**.

■ **En Première**, seuls les élèves n'ayant pas choisi l'enseignement de spécialité mathématiques suivent un enseignement commun de mathématiques.

Dans ce cas, la moyenne de leurs notes en contrôle continu annuel (évaluations en classe) comptera :

– en enseignement scientifique, pour **1,8 % de leur note finale au bac**,

– en mathématiques pour **1,2 % de leur note finale au bac**.

2 Structure type d'une évaluation en classe dans le cadre du contrôle continu

Les contrôles continus pour l'enseignement scientifique sont des épreuves écrites constituées généralement de deux exercices interdisciplinaires.

Durée	2 heures
Notation	20 points. Deux exercices notés chacun sur 10 points.

Chaque exercice présente une cohérence thématique et porte sur un ou deux thèmes du programme.

Le sujet évalue les compétences suivantes :

– exploiter des documents ;

– organiser, effectuer et contrôler des calculs ;

– rédiger une argumentation scientifique.

Chaque exercice évalue plus particulièrement une ou deux de ces compétences.

Toute formulation des questions est envisageable : de la question ouverte jusqu'au questionnaire à choix multiples.

L'origine des éléments chimiques

Fiche 1

Les noyaux des éléments chimiques stables naissent au sein des étoiles. Certains noyaux, instables, peuvent se désintégrer. Comment peut-on décrire ces réactions nucléaires ?

1 L'origine des premiers éléments chimiques

■ Le **Big Bang** est un modèle utilisé par les scientifiques. Il permet de décrire l'évolution de l'Univers depuis sa naissance ainsi que la formation des éléments chimiques qui le composent.

Après le Big Bang, les constituants de l'Univers se sont peu à peu formés et organisés.

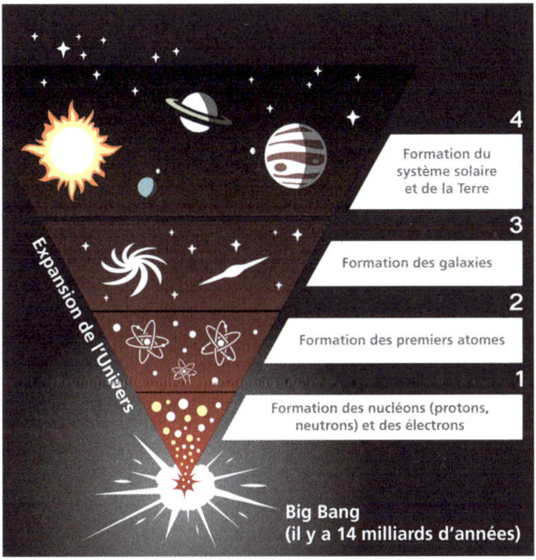

La théorie du Big Bang

■ Les éléments les plus légers (hydrogène puis hélium) se sont formés dans les premières minutes du Big Bang. Les autres éléments se sont formés au sein des **étoiles**.

2 La source d'énergie des étoiles

■ Une étoile est principalement composée d'hydrogène. Elle est le siège de **réactions de fusion nucléaire** qui libèrent une grande quantité d'énergie. Lors de la fusion nucléaire, des noyaux légers s'unissent (ils fusionnent) pour former un noyau plus lourd.

Vu !

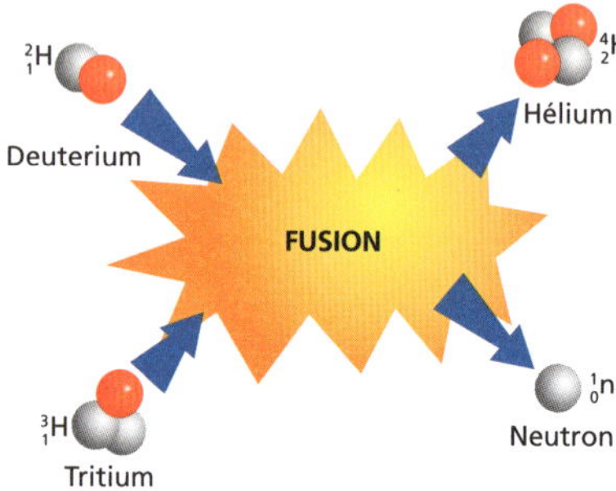

Schéma d'une réaction de fusion nucléaire

$$^{3}_{1}H + ^{2}_{1}H \rightarrow ^{4}_{2}He + ^{1}_{0}n$$

Équation de la fusion du tritium et du deutérium

■ Au sein des étoiles naissent ainsi les éléments comme le **carbone**, l'**oxygène**... Selon sa taille, une étoile peut créer des éléments plus lourds, jusqu'au fer.

■ Les **autres éléments plus lourds** se forment à la fin de la vie de l'étoile lors de son explosion. Les éléments chimiques qui la composent sont alors dispersés dans l'Univers.

LE SAIS-TU ?

Le cycle de vie d'une étoile dépend de sa taille.

Rigel est une supergéante, c'est-à-dire une étoile très massive, bleue. Elle est 79 fois plus grande que le Soleil.

Bételgeuse est une supergéante rouge. Elle est 887 fois plus grande que le Soleil.

La composition de l'Univers

La matière dans l'Univers se transforme continuellement. Comment se répartissent les éléments dans l'Univers ?

1 Les éléments chimiques

■ L'Univers est formé de 118 éléments chimiques différents. Le **tableau périodique** des éléments (mis au point par le chimiste Russe Mendeleïev) les regroupe par numéro atomique croissant.

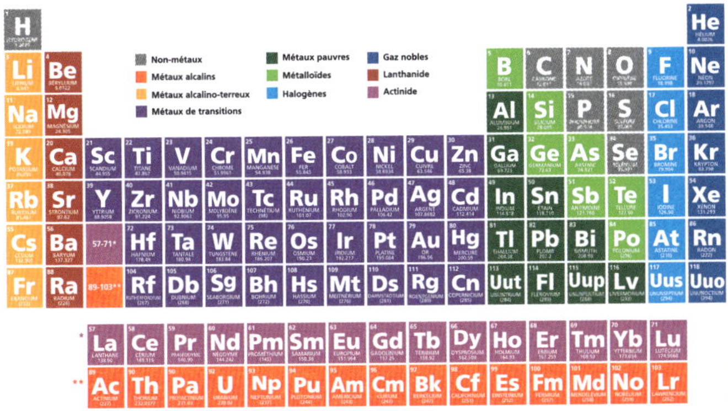

Aperçu du tableau périodique des éléments

■ Sur Terre, 94 de ces éléments existent à l'**état naturel**. Les autres ont été créés **artificiellement**.

2 Les éléments chimiques dans l'Univers

■ L'**abondance** d'un élément chimique indique sa proportion par rapport aux autres éléments. Elle peut s'exprimer en **pourcentage atomique** (abondance en atome) ou **pourcentage massique** (abondance en masse).

Hydrogène H	Hélium He
92 %	7 %

Abondance en atome dans l'Univers

Hydrogène H	Hélium He
74 %	24 %

Abondance en masse dans l'Univers

3 Les éléments chimiques sur Terre

L'abondance n'est pas la même selon que l'on étudie la **Terre dans son ensemble** (globe terrestre) ou uniquement la **croûte terrestre** (partie superficielle du globe épaisse d'environ 30 km).

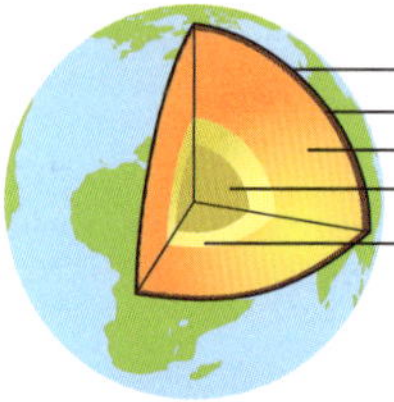

Schéma en coupe de la Terre

Oxygène O	Magnésium Mg	Fer Fe	Silicium Si
48,8 %	16,5 %	14,3 %	13,8 %

Abondance en atome dans le globe terrestre

Oxygène O	Silicium Si	Aluminium Al	Fer Fe
46 %	28 %	8 %	6 %

Abondance en masse de la croûte terrestre

4 Les éléments chimiques dans le corps humain

Hydrogène H	Oxygène O	Carbone C	Azote N
61 %	24 %	13 %	1,4 %

Abondance en atome dans le corps humain

Oxygène O	Carbone C	Hydrogène H	Azote N
60 %	24 %	9 %	3 %

Abondance massique dans le corps humain

LE SAIS-TU ?

© Shutterstock/sripfoto

La répartition des éléments est donc inégale dans l'Univers. L'hydrogène est l'élément le plus présent dans l'Univers. Il représente plus de 90 % des atomes présents dans l'Univers (soit 75 % en masse).

La radioactivité

Certains noyaux sont dits radioactifs. À quel phénomène physique correspond la radioactivité ?

1 La désintégration radioactive

■ Certains noyaux sont instables et se transforment spontanément en un autre noyau en émettant une particule. On dit qu'ils sont radioactifs. La réaction est appelée **désintégration radioactive** ou **radioactivité**.

■ La désintégration radioactive d'un noyau est un phénomène **aléatoire**. Il n'est pas possible de prévoir à quel instant elle aura lieu.

■ Le **rayonnement** constitue l'ensemble des particules émises lors de la désintégration. Un noyau radioactif peut se désintégrer et émettre différentes particules matérielles (voir tableau ci-dessous) ainsi que des rayons gamma (γ) constitués de photons de très grandes énergies.

Particules matérielles émises	Type de radioactivité
Noyau d'hélium	α
Électron	β-
Positon	β+
Neutron	
Proton	

Particules matérielles pouvant être émises lors d'une désintégration

Ex. de radioactivité α : le radium 226 se désintègre en radon en émettant une particule α.

$$^{226}_{88}\text{Ra} \rightarrow {}^{222}_{86}\text{Rn} + {}^{4}_{2}\text{He}$$

2 L'activité d'un échantillon radioactif

■ **L'activité** *A* d'un échantillon radioactif est le nombre de désintégrations qu'il subit par seconde. Son unité est le **becquerel** (Bq). L'activité d'un échantillon radioactif décroît au cours du temps.

■ On appelle **période radioactive** ou **demi-vie** le temps *T* nécessaire à la désintégration de la moitié des noyaux contenu dans un échantillon macroscopique. C'est une caractéristique du noyau.

Vu

3 La loi de décroissance radioactive

Soit N_0 le nombre de noyaux radioactifs dans un échantillon à l'instant $t = 0$.
Au bout **d'une demi-vie** ($t = T$), le nombre de noyaux radioactifs sera **divisé par deux** soit : $\boldsymbol{N = \frac{N_0}{2}}$

Date	$t = 0$	$t = T$	$t = 2T$	$t = 3T$	$t = nT$
Nombre de noyaux radioactifs	N_0	$N = \frac{N_0}{2}$	$N = \frac{N_0}{4}$	$N = \frac{N_0}{8}$	$N = \frac{N_0}{2^n}$

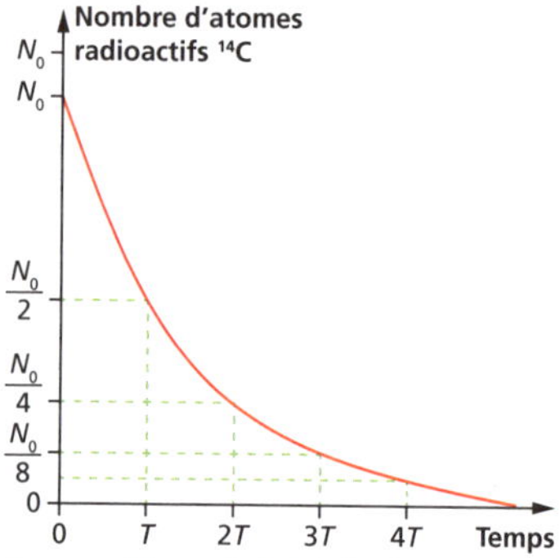

Représentation graphique de la loi de décroissance radioactive

4 Dater la matière avec la radioactivité

- La **datation au carbone 14** (^{14}C) est basée sur la mesure de l'activité radioactive β^- du carbone 14 contenu dans la **matière organique**. Sa demi-vie est de 5 730 ans.
- La proportion de ^{14}C contenu dans un organisme vivant à un instant t est la même que dans son environnement au même instant. Lorsqu'un organisme vivant meurt, la quantité de carbone 14 qu'il contient décroît au cours du temps. La mesure de la proportion restante de ^{14}C dans l'échantillon permet de déterminer son âge.

LE SAIS-TU ?

La datation au ^{14}C a été utilisée pour dater les peintures de la grotte de Lascaux.

Aurochs peint dans la grotte de Lascaux

Cartes RÉVIS'EXPRESS

Révisez les points clés des fiches 1 à 3

Fiche 4

Les éléments chimiques

CARTE 1

Qu'est-ce que le Big Bang ?

→ Fiche 1

CARTE 2

Quelle est l'origine de la formation des premiers éléments dans l'Univers ?

→ Fiche 1

CARTE 3

Quel est l'élément le plus présent dans l'Univers ?

→ Fiche 2

CARTE 4

Comment se répartissent les éléments dans l'Univers ?

→ Fiche 2

CARTE 5

Comment se forment les éléments tels que le carbone, l'oxygène, le fer… ?

→ Fiche 1

CARTE 6

Qu'est-ce qu'une réaction de fusion nucléaire ?

→ Fiche 1

CARTE 7

Qu'est-ce que la radioactivité ?

→ Fiche 3

CARTE 8

Qu'est-ce que la demi-vie d'un échantillon radioactif ?

→ Fiche 3

Vu !

Réponses

CARTE 1

Le **Big Bang** est un modèle utilisé par les scientifiques pour décrire l'origine ainsi que l'évolution de l'Univers.

CARTE 2

Les premiers éléments se sont formés à la suite du Big Bang. Il s'agit essentiellement d'**hydrogène et d'hélium**.

CARTE 3

L'hydrogène est l'élément le plus présent dans l'Univers. C'est le premier élément formé à la suite du Big Bang. Il représente plus de **90 % en nombre d'atomes** (soit 75 % en masse).

CARTE 4

La répartition des atomes est **inégale dans l'Univers**. Les étoiles sont principalement composées d'hydrogène et d'hélium alors que les éléments plus lourds (oxygène, magnésium…) se trouvent sur des astres comme la Terre.

CARTE 5

Au sein des premières étoiles formées à partir de nuages de gaz ont lieu des réactions de fusions nucléaires. Des noyaux légers fusionnent et donnent naissance à des **noyaux plus lourds** comme le carbone, l'oxygène…

CARTE 6

C'est un processus au cours duquel **deux noyaux** d'atomes s'unissent (ils fusionnent) pour former un **noyau plus lourd**. Ces réactions ont lieu au sein des étoiles.

CARTE 7

Certains éléments sont instables, on dit qu'ils sont radioactifs. Ils peuvent se désintégrer de manière spontanée en d'autres éléments. Ce phénomène se nomme **radioactivité**.

CARTE 8

C'est la durée nécessaire pour que le nombre de noyaux radioactifs soit **divisé par deux** dans l'échantillon. La période radioactive (ou demi-vie) dépend de l'élément radioactif.

L'état cristallin

L'état cristallin désigne un empilement particulier des éléments constituant la matière. Cet état peut être défini à partir d'un exemple particulier, le chlorure de sodium.

1 Le chlorure de sodium, un cristal courant

■ Le **sel de table** ou **chlorure de sodium** provient de deux sources : il est récolté par **évaporation** de l'eau de mer dans les marais salants, ou bien extrait des profondeurs, à partir du sel gemme ou halite, une **roche**.

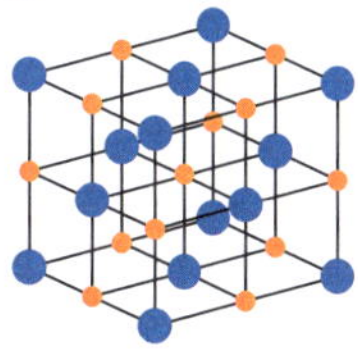

Structure cristalline du chlorure de sodium. Bleu : $C\ell^-$; orange : Na^+

■ Le cristal de chlorure de sodium est constitué d'un **empilement régulier** de deux ions : ion sodium, Na^+ et ion chlorure, $C\ell^-$. Ces ions se disposent les uns par rapport aux autres dans un **empilement cubique**. Aux sommets du cube, on trouve un ion $C\ell^-$, ainsi qu'au centre de chaque face du cube. Au milieu des arêtes du cube, on trouve un ion Na^+ ainsi qu'au centre du cube.

■ La structure cubique est **répétée**. Cet empilement régulier et répété désigne **l'état cristallin**. Cet état cristallin se manifeste dans la structure du cristal au niveau macroscopique : il est possible de distinguer des formes cubiques dans des cristaux de sel gemme.

2 La maille caractérise la structure cristalline

■ Tous les solides cristallisés présentent une structure cristalline qui est définie par une **maille** élémentaire. C'est le plus petit volume où s'empilent les constituants, ou **entités**, du solide cristallisé.

■ Cette maille est **répétée périodiquement**.

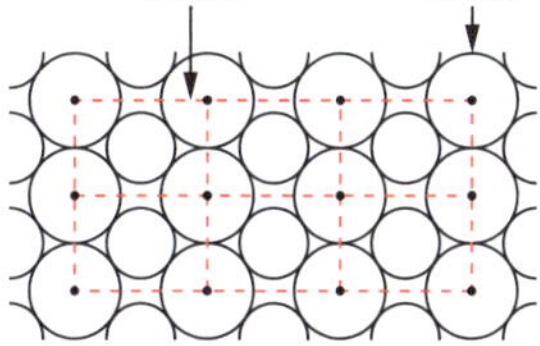

Les mailles au sein du cristal

■ Un type cristallin est défini par plusieurs caractéristiques :
- la **forme géométrique** de la maille. Il en existe sept dans la nature ;
- la **nature des entités** (atomes, ions, molécules) ;
- la **position des entités dans la maille**. Au sein d'une même forme, les entités peuvent occuper des places différentes.

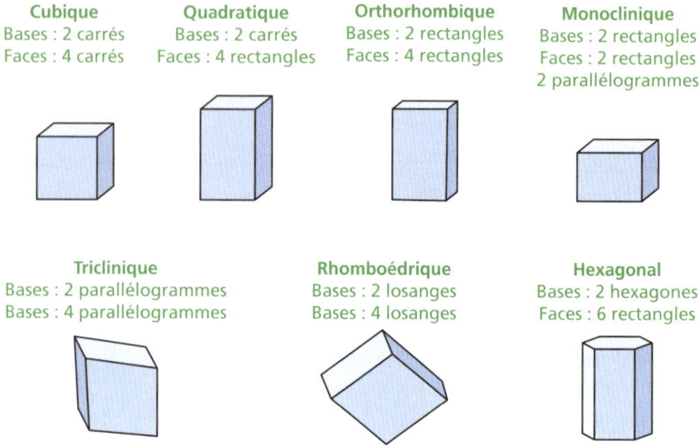

Les sept systèmes cristallins

■ La **structure microscopique** du cristal conditionne ses **propriétés macroscopiques**, comme la forme mais aussi la masse volumique (voir Fiche 6).

LE SAIS-TU ?

© Shutterstock/losmandarinas

La halite ou sel gemme est une roche évaporitique qui s'est formée par évaporation d'eau de mer il y a de nombreux millénaires. La compaction du sel a permis sa déshydratation et la formation de la roche.

Les caractéristiques des cristaux

Certaines propriétés des cristaux peuvent être déterminées à l'échelle atomique. Ces propriétés microscopiques conditionnent les propriétés macroscopiques.

1 Les cristaux cubiques

■ Les cristaux les plus simples correspondent, comme l'exemple du chlorure de sodium, à une maille cubique.

■ Ces mailles peuvent être représentées en perspective cavalière. Pour cela, on peut suivre le protocole suivant :

- on dessine un carré de face ;
- on place les faces latérales du cube en dessinant des segments avec un angle de 30° à l'horizontal, au niveau de chaque sommet. Ces segments sont longs de la moitié de la longueur d'une arête de la face avant du cube ;
- on rejoint les extrémités de ces segments pour dessiner la face arrière du cube ;
- on positionne ensuite les entités aux sommets et au milieu des faces si besoin.

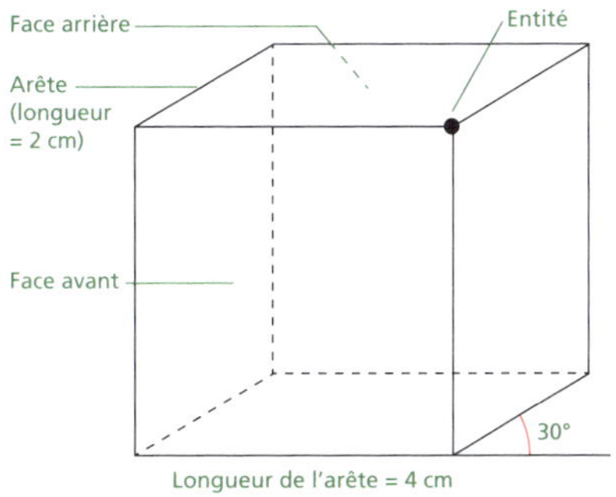

Représentation d'une maille

■ Suivant la position des entités dans la maille, on distingue différents types cristallin. Dans une maille cubique simple, les entités sont trouvées uniquement aux sommets du cube. Alors que dans une maille cubique à faces centrées, les entités sont trouvées aux sommets du cube mais aussi au centre de chacune des faces du cube.

2 Masse volumique du cristal

La **masse volumique** du cristal correspond à la masse volumique de la maille.
Elle peut donc être déterminée à partir des propriétés de la maille.

■ Détermination du **nombre d'entités** par maille, noté N.

- Une entité située au sommet du cube est commune à huit mailles voisines. Dans une maille, elle est donc présente à raison de 1/8.
- Une entité située sur une face du cube est commune à deux mailles. Dans une maille, elle est donc présente à raison de 1/2.
- Une entité située sur une arête du cube est commune à quatre mailles. Dans une maille, elle est donc présente à raison de 1/4.
- Une entité située au centre d'un cube n'appartient qu'à une seule maille.
- On détermine le nombre d'entité de la maille en faisant la somme de ce qui précède.

Ex. : de la détermination du nombre d'entités d'une maille cubique à face centrée :
On dénombre 8 entités au sommet du cube.
Donc, il y a 8 × 1/8 = 1 entité au sommet.
On dénombre 6 entités au centre des faces.
Donc, il y a 6 × 1/2 = 3 entités sur les faces.
On a donc 1 + 3 = 4 entités dans cette maille.

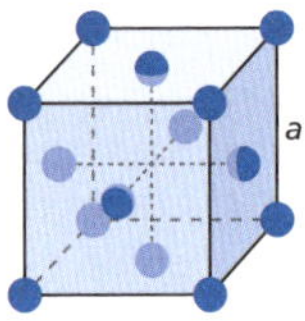

■ Détermination du **volume de la maille**, noté V.

Pour une maille cubique, son volume est calculable par la formule : $V = a^3$, a désignant la longueur d'une arête du cube.

■ **Masse volumique du cristal**, notée ρ.

Le cristal a une masse volumique qui est celle de la maille.

$$\rho = \frac{N \times M}{N_A \times V}$$

M est la masse molaire des entités.
N_A est le nombre d'Avogadro, il a pour valeur $6{,}02 \times 10^{23}$ mol^{-1}.

LE SAIS-TU ?

La maille de chlorure de sodium est cubique. À l'échelle macroscopique, on peut trouver des cristaux de sels cubiques.

Les propriétés microscopiques d'un cristal conditionnent ses propriétés macroscopiques.

Des cristaux à différentes échelles

Les matières solides qui nous entourent peuvent être cristallisées ou non. Un vocabulaire spécifique est utilisé en géologie.

1 La notion de minéral

■ Un **cristal** est composé de mailles répétées.

■ Les géologues utilisent le terme de **minéral** qui désigne un état cristallin. Un composé de formule chimique donnée peut cristalliser sous **différents types de structures** qui ont des propriétés macroscopiques différentes.

■ La même composition chimique peut alors cristalliser en différents minéraux.

■ La **silice** a comme formule chimique SiO_2 ; elle cristallise sous différentes formes minérales qui ont des mailles, et par conséquent des masses volumiques, différentes. Le plus connu des minéraux de la silice est le **quartz**, mais on connaît aussi la tridymite, la calcédoine, la coésite…

2 Des minéraux dans la nature

■ Les minéraux peuvent se présenter dans la nature sous la forme d'un cristal parfait : on parle alors de minéraux **automorphes**. Le plus souvent, ils sont associés entre eux dans des **roches**. Une roche peut être formée de l'association de cristaux d'un même minéral ou de plusieurs minéraux. Ces minéraux présentent des caractéristiques optiques qui permettent de les distinguer les uns des autres.

Exemple de roche observée au microscope (chaque plage correspond à un minéral)

Vu !

■ Des structures cristallines existent aussi dans les organismes biologiques (coquille, squelette, calcul rénal…).

3 La notion de solide amorphe

■ Dans certains cas, les entités s'empilent sans ordre géométrique. Cela génère un solide amorphe. C'est le cas du verre.

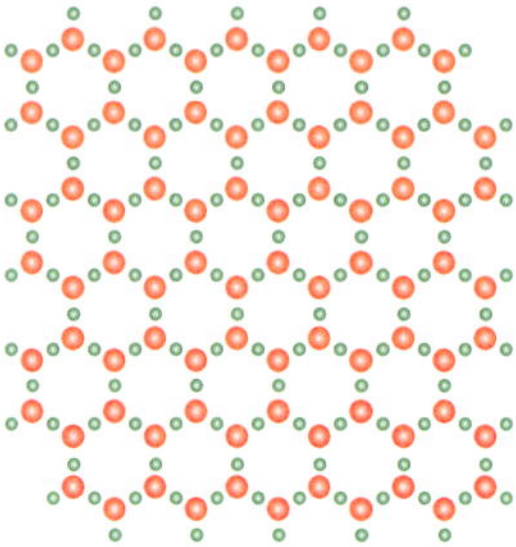

Disposition des entités dans un édifice cristallin

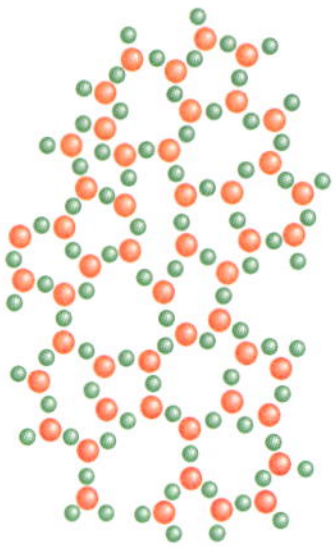

Disposition des entités dans un solide amorphe

4 Les roches volcaniques

■ Les roches sont constituées principalement de minéraux, donc de cristaux. Certaines roches volcaniques peuvent contenir du verre.

■ Si la lave refroidit lentement, les entités chimiques s'empilent dans un ordre géométrique particulier formant des minéraux.

■ Si la lave refroidit très rapidement, les entités chimiques ne peuvent pas s'empiler dans un ordre géométrique ; cette absence d'ordre est à l'origine du verre volcanique.

LE SAIS-TU ?

© Shutterstock/Picks Art

Dans le langage courant, il y a confusion entre les termes « verre » et « cristal ». Les verres en cristal ne sont pas faits de matière cristallisée mais de matière amorphe, de verre. C'est leur composition chimique qui les rend si particuliers.

Cartes RÉVIS'EXPRESS

Révisez les points clés des fiches 5 à 7

Les cristaux

CARTE 1

Comment obtient-on du sel de cuisine ?

→ Fiche 5

CARTE 2

Comment sont disposés les ions Na^+ et $C\ell^-$ à l'échelle atomique dans le chlorure de sodium ?

→ Fiche 5

CARTE 3

Qu'appelle-t-on maille cristalline ?

→ Fiche 5

CARTE 4

Qu'appelle-t-on une représentation en perspective cavalière ?

→ Fiche 6

CARTE 5

Quelle est la formule de la masse volumique d'un cristal ? Définir les termes employés.

→ Fiche 6

CARTE 6

Qu'appelle-t-on minéral ?

→ Fiche 7

CARTE 7

Qu'appelle-t-on solide amorphe ?

→ Fiche 7

CARTE 8

Comment du verre peut se former dans une roche volcanique ?

→ Fiche 7

Vu !

Réponses

CARTE 1

Le sel de cuisine se forme par **évaporation** de l'eau de mer dans les marais salants ou bien par extraction de la halite, une roche, dans des **mines**.

CARTE 2

Les deux ions sont disposés de **façon régulière** dans une **structure cubique** qui est **répétée** dans un cristal de chlorure de sodium. On trouve $C\ell^-$ au sommet et au centre des faces du cube et Na^+ au milieu des arêtes et au centre du cube

CARTE 3

La **maille** cristalline est le plus petit volume dans lequel **s'empilent** de façon régulière les entités d'un cristal. La maille est répétée.

CARTE 4

Lorsque l'on représente une **maille en perspective cavalière**, on suit un protocole qui permet de visualiser la maille en relief.

CARTE 5

$\rho = \dfrac{N \times M}{N_A \times V}$. Avec : ρ la masse volumique ; N le nombre d'entités dans une maille ; M la masse molaire des entités ; N_A le nombre d'Avogadro et V le volume de la maille.

CARTE 6

Les entités d'une même composition chimique peuvent cristalliser selon différents types cristallins (mailles différentes). On appelle ces différents cristaux, des **minéraux**. Les minéraux sont trouvés, le plus souvent, dans les roches.

CARTE 7

Un solide amorphe désigne une structure solide dans laquelle les entités **s'empilent sans ordre géométrique**.

CARTE 8

Les roches volcaniques sont issues de la solidification d'une lave en fusion. Si la lave refroidit brutalement, les entités s'empilent sans ordre géométrique. Ce solide est un **verre volcanique**.

La naissance de la théorie cellulaire

L'invention des premiers microscopes au XVIIe siècle a permis l'observation des cellules et ainsi la formulation de la théorie cellulaire.

1 Les premiers microscopes

■ L'invention du premier **microscope optique** est due à Anton Van Leeuvenhoek, en 1632. Ce naturaliste hollandais observe différentes formes de vie, dont des cellules qu'il ne nomme pas.

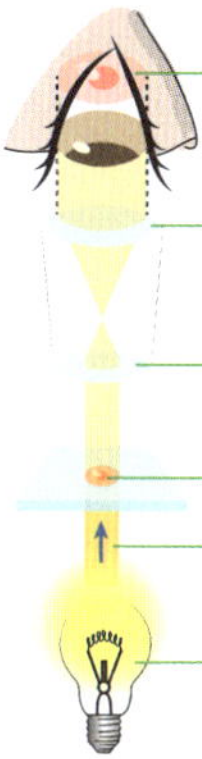

Principe du microscope optique

■ En 1665, Robert Hooke, un physicien britannique, observe des fragments de liège (partie de l'écorce des arbres) au microscope. Il remarque des petites loges répétées, qu'il nomme « **cellules** ».

■ Au XVIIIe et XIXe siècles, les microscopes optiques se perfectionnent mais utilisent toujours le même principe.

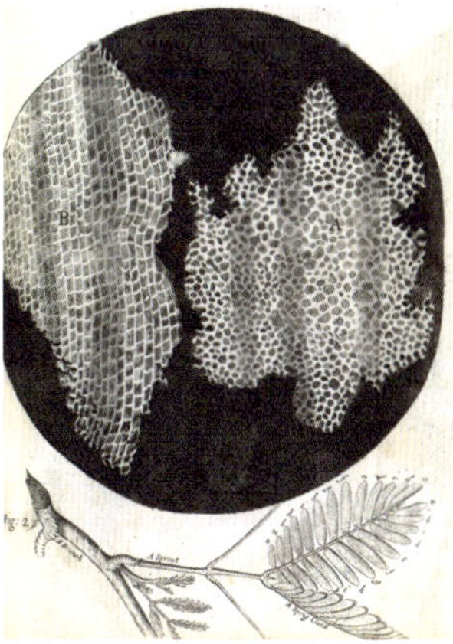

Gravure des observations de Robert Hooke sur le liège, publiée dans son livre *Micrographia* en 1667

Vu !

2 La théorie cellulaire

■ Au XIXᵉ siècle est formulée la **théorie cellulaire**. Trois savants y ont un rôle important.

En 1838, **Mathias Jakob Schleiden**, botaniste allemand, publie un ouvrage sur les végétaux où il relate que ses études sur les différents tissus végétaux montrent qu'ils sont tous constitués de cellules et plus particulièrement, il identifie le **noyau** comme un élément constant dans les cellules.

Théodore Schwann est un zoologiste allemand, il est collègue de Schleiden. Lors d'un diner en 1838, Schleiden montre ses travaux à Schwann. Ce dernier prend conscience de l'existence du noyau et donc de cellules dans les tissus animaux qu'il observe.

En 1858, **Rudolph Virchow**, physicien allemand, observe des divisions cellulaires et comprend que les cellules proviennent de cellules pré-existantes, remettant en cause la **génération spontanée**.

■ Ces trois savants ont permis l'énoncé des **deux principes de la théorie cellulaire** :

- tout être vivant est constitué de cellules ;
- toute cellule est issue d'une autre cellule.

LE SAIS-TU ?

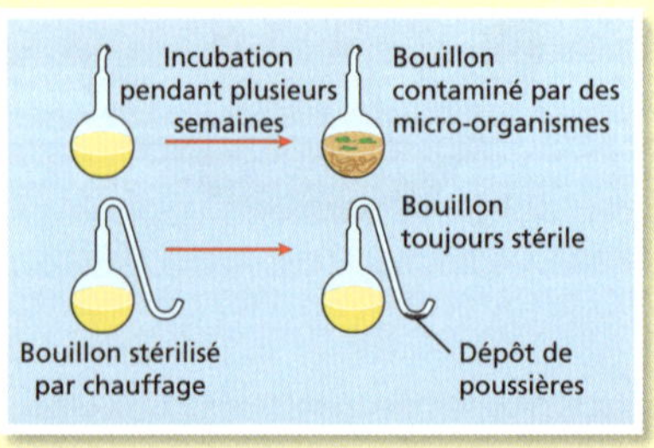

Depuis l'antiquité, on pensait que les êtres vivants apparaissaient de façon spontanée à partir de la matière inerte. Au XIXᵉ siècle, Pasteur, un biologiste français, invalide cette théorie à partir d'expériences de mise en culture de bouillon.

L'exploration de l'intérieur cellulaire

Fiche 10

La formulation de la théorie cellulaire au XIXe siècle repose sur l'utilisation de microscopes optiques simples. Les progrès de l'observation ont permis une exploration cellulaire plus fine.

1 Vers des microscopes plus performants

- La fin du XIXe et le début du XXe siècle voient les **microscopes optiques** devenir de plus en plus performants grâce à des lentilles de plus en plus puissantes.
- Pour améliorer l'observation, diverses techniques de coloration permettent de contraster les échantillons observés.
- Il est même possible de localiser dans des cellules des molécules grâce à l'utilisation d'anticorps marqué par un **fluorochrome**. Les préparations microscopiques sont alors observées avec un microscope optique particulier dit **microscope à fluorescence**.

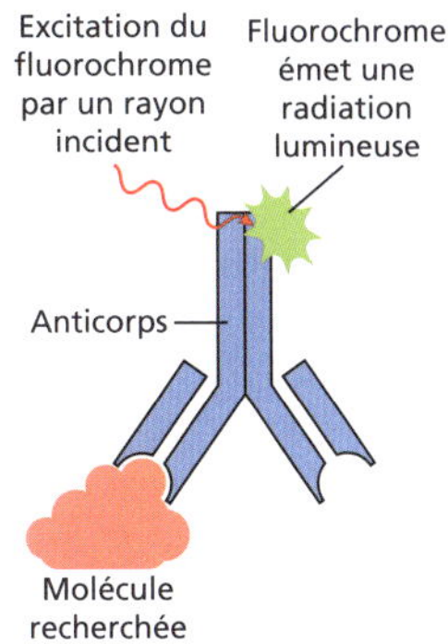

Microscopie à fluorescence

2 Les microscopes électroniques

- L'invention des **microscopes électroniques** dans les années 1930 permet de réaliser des grossissements bien plus importants des structures observées.
- Avec les microscopes optiques, on ne différencie pas deux points distants de moins de 0,2 μm soit 200 nm. Cette limite correspond au **pouvoir de résolution** du microscope optique.
- Ce pouvoir de résolution est beaucoup plus faible pour les microscopes électroniques. Il est de l'ordre de 0,1 nm.
- Ces meilleures performances sont dues à la source utilisée pour « illuminer » l'échantillon observé : un **faisceau d'électrons**.

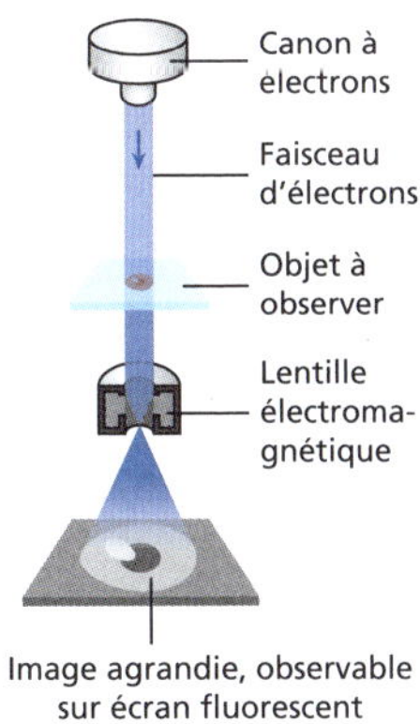

Microscope à fluorescence

3 L'organisation cellulaire précisée

■ Les progrès des moyens d'observation et plus particulièrement des microscopes électroniques ont permis d'observer le contenu cellulaire. L'**ultrastructure cellulaire** est de plus en plus précise.

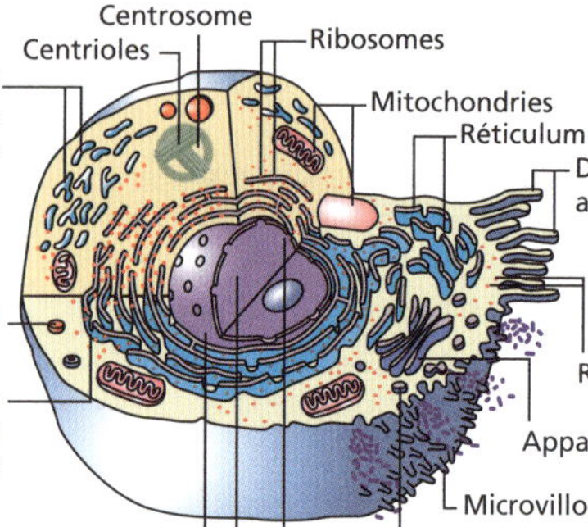

L'ultrastructure d'une cellule animale

■ **Deux grands groupes de cellules** sont décrits : les **procaryotes** sans organite et les **eucaryotes** contenant des organites.

■ Chez les eucaryotes, le noyau est de mieux en mieux décrit. On constate qu'il disparaît lors de la division cellulaire pour laisser place à des bâtonnets qui seront appelés **chromosomes**. De nombreux **organites** sont décrits : appareil de Golgi, réticulum endoplasmique par exemple.

LE SAIS-TU ?

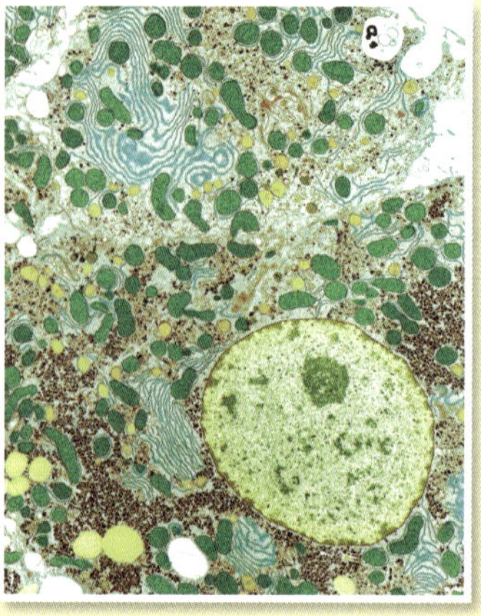

La cellule eucaryote (20 à 100 µm) apparaît constituée d'organites (quelques µm pour les plus gros), eux-mêmes limités par une membrane épaisse d'une dizaine de nanomètres (nm). La membrane est constituée d'une association de molécules (dont la taille est de l'ordre de quelques nm). Les molécules sont constituées d'atomes de taille inférieure au nm.

Cellule du foie vue au microscope électronique

Caractéristiques des cellules

Les cellules ont une organisation commune qui permet de préciser la place des virus dans le monde vivant.

1 La cellule, un milieu réactionnel

■ **Les cellules présentent toutes une même organisation.** Elles présentent un **cytoplasme** aqueux (riche en eau) contenant **l'information génétique** portée par le ou les chromosomes. Le cytoplasme est séparé du milieu extérieur par la **membrane**.

■ **Chaque cellule est un milieu réactionnel.** De nombreuses réactions se produisent dans le cytoplasme. L'ensemble de ces réactions constitue le **métabolisme**.

■ Ces réactions permettent de **produire les molécules** nécessaires à l'organisation et au fonctionnement cellulaire. C'est par exemple, le cas de la synthèse des lipides, des protéines membranaires. D'autres réactions conduisent à la **dégradation des molécules organiques** pour produire de l'énergie que la cellule utilise pour son fonctionnement. C'est par exemple le cas de la respiration cellulaire.

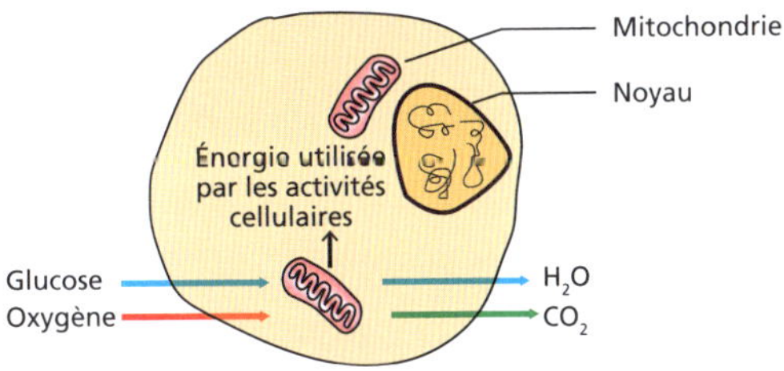

Le métabolisme de la respiration dans le cytoplasme

■ **La membrane est un lieu d'échange entre la cellule et le milieu extérieur.** La cellule prélève les molécules nécessaires à son fonctionnement comme les nutriments. Pour assurer ce fonctionnement, elle doit prélever de l'énergie dans le milieu extérieur. Les cellules **autotrophes prélèvent l'énergie lumineuse**. Les cellules **hétérotrophes prélèvent des nutriments** qu'elles dégradent.

■ **L'action des molécules exogènes.** Le fonctionnement cellulaire dépend de molécules extérieures à la cellule. Ces molécules peuvent **stimuler le fonctionnement cellulaire**. C'est le cas d'hormones qui indiquent à la cellule qu'elle doit réaliser tel ou tel métabolisme. Les poisons sont toxiques pour les cellules. Ils peuvent bloquer le fonctionnement cellulaire. C'est ce qui est recherché lors de l'utilisation de médicaments anticancéreux qui bloquent la prolifération cellulaire.

2 Les virus, à la limite du vivant

■ Les virus ont une organisation commune. Une coque protéique ou capside contient une ou plusieurs molécule(s) porteuse(s) d'information génétique : de l'ADN ou de l'ARN. Certains virus possèdent en plus une enveloppe de nature membranaire autour de la capside. Ces virus peuvent faire songer à une organisation cellulaire.

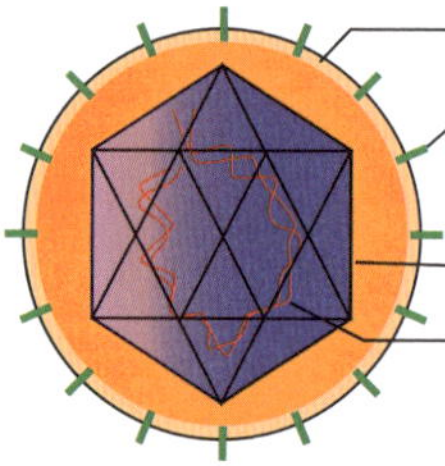

Structure générale d'un virus

■ Les virus ne possèdent pas de cytoplasme. Ils ne sont donc pas un milieu réactionnel. Pour se multiplier et croître, ils parasitent les cellules et détournent à leur service toute la machinerie cellulaire. Ils ne sont donc pas des organismes vivants.

LE SAIS-TU ?

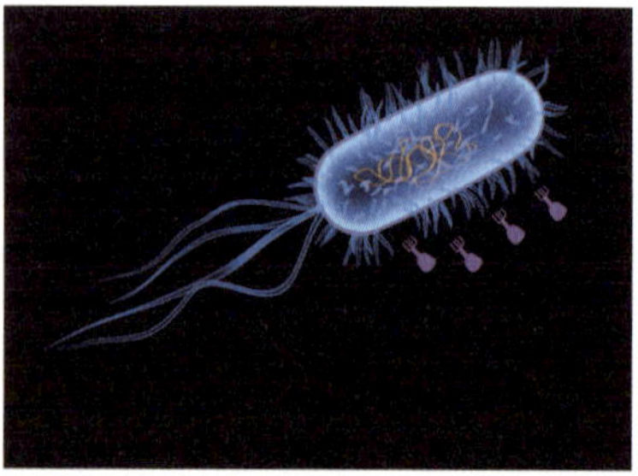

Les bactériophages sont des virus qui parasitent les bactéries. Ils transfèrent leur matériel génétique dans la cellule qui finit par mourir lors de la multiplication.

Au point d'imaginer de nouveaux médicaments permettant de lutter contre les bactéries.

Cartes RÉVIS'EXPRESS

Révisez les points clés des fiches 9 à 11

Fiche 12

La cellule

CARTE 1

Qui a inventé le microscope optique ?

↪ Fiche 9

CARTE 2

Quel est l'apport scientifique de Robert Hooke ?

↪ Fiche 9

CARTE 3

Qu'est-ce que la théorie cellulaire ?

↪ Fiche 9

CARTE 4

Quel est l'intérêt du microscope électronique ?

↪ Fiche 10

CARTE 5

Que révèle le microscope électronique de l'organisation cellulaire ?

↪ Fiche 10

CARTE 6

Donner les ordres de grandeurs depuis l'atome jusqu'à la cellule.

↪ Fiche 10

CARTE 7

Quelles sont les caractéristiques communes des cellules ?

↪ Fiche 11

CARTE 8

Pour quelle raison les virus ne sont-ils pas des organismes vivants ?

↪ Fiche 11

Vu !

Réponses

CARTE 1

Le microscope optique a été inventé en 1632 par un naturaliste hollandais : **Anton Van Leeuvenhoek**.

CARTE 2

Robert Hooke étudie des fragments de liège avec un microscope, il observe des petites loges répétées. Il donne à ces loges le nom de **cellule**.

CARTE 3

Cette théorie est formulée au XIXe siècle : tout **être vivant est constitué de cellules** et toute **cellule est issue d'une autre cellule**.

CARTE 4

Le microscope optique permet **de distinguer les cellules et leur noyau**. Le microscope électronique permet de distinguer des structures cellulaires plus petites.

CARTE 5

La cellule est constituée d'une membrane, d'un noyau et d'un cytoplasme. Grâce au microscope électronique, on distingue dans le cytoplasme de nombreux **organites**.

CARTE 6

Atomes : taille inférieure au **nanomètre**. Molécules : **quelques nanomètres**. Membrane : **7 à 10 nm**. Organites : **quelques micromètres**. Cellules : **20 à 100 µm**.

CARTE 7

Toutes les cellules contiennent une **information génétique** localisée dans le **cytoplasme** qui est délimitée par une **membrane**. Le cytoplasme est un **milieu réactionnel.**

CARTE 8

Les virus ne contiennent pas de cytoplasme milieu réactionnel.

Une source d'énergie

La Terre reçoit son énergie du Soleil. Comment cette étoile produit-elle son énergie ? Comment déterminer sa température de surface ?

1 L'énergie du Soleil

■ Au cœur du Soleil, la température est de 15 millions de degrés Celsius.

■ L'énergie du Soleil est due à une chaîne de **réactions de fusions nucléaires.** Des noyaux d'hydrogène se transforment en noyaux d'Hélium. L'équation de ces réactions est la suivante :

$$4\,{}_{1}^{1}\text{H} \rightarrow {}_{2}^{4}\text{He} + 2\,{}_{1}^{0}\text{e}$$

■ Lors de ces réactions, il y a aussi émission de neutrino ν (particule de masse nulle et de charge très faible) de rayonnement électromagnétique gamma γ (**photon** de grande énergie).

2 La réaction nucléaire et la perte de masse

■ La masse d'un noyau est inférieure à la somme des masses de ses constituants (**nucléons**).

■ Lors d'une réaction nucléaire, la masse des produits formés est donc inférieure à la masse des réactifs utilisés. Ce défaut de masse ou masse manquante, noté Δm, est converti en énergie.

■ **La relation d'équivalence masse-énergie d'Einstein** (établie en 1905) permet de calculer cette perte de masse et donc l'énergie libérée par une réaction nucléaire :

$E = \Delta mc^2$ avec E énergie libérée (en J)
Δm = perte de masse (en kg)
c : célérité de la lumière : $3{,}00 \times 10^8$ m·s^{-1}

© Shutterstock/Naci Yavuz

A. Einstein (1879-1955)

3 La masse du Soleil

■ La **puissance totale émise** par le Soleil est de $3{,}9 \times 10^{26}$ W. Chaque seconde, l'énergie émise par le Soleil est donc égale à $3{,}9 \times 10^{26}$ J.

■ La **perte de masse** s'obtient par le calcul :

$$\Delta m = \frac{E}{c^2} = \frac{3{,}9 \times 10^{26}}{9 \times 10^{16}} \approx 4{,}3 \times 10^9 \text{ kg}.$$

■ Chaque seconde, la **masse solaire** transformée est d'environ 4,3 milliards de kilogrammes soit 4,3 millions de tonnes.

Vu !

4 Le profil spectral et la température des étoiles

- Le profil spectral d'une étoile représente l'intensité lumineuse des radiations émises par ce corps en fonction des longueurs d'onde de ces radiations. En utilisant le profil spectral de l'étoile, on détermine la **longueur d'onde λ_{max}** donnant une intensité maximale.
- **La loi de Wien** permet de déterminer la température de surface *T* d'un corps chaud.
- L'unité de référence pour mesurer une température est le Kelvin (K) : c'est le zéro absolu, la température à laquelle l'agitation thermique est nulle. Cela correspond à – 273,15 °C.

T (K) = T (°C) + 273,15

Si la température est en Kelvin et la longueur d'onde en mètre, la température *T* (K) de l'étoile s'obtient alors par la formule : $T\,(\text{K}) = \dfrac{2{,}898 \times 10^{-3}}{\lambda_{max}}$	Si la température est en degré Celsius et la longueur d'onde en nanomètre, la température *T* (°C) de l'étoile s'obtient alors par la formule : $T\,(°\text{C}) = \dfrac{2{,}898 \times 10^{6}}{\lambda_{max}} - 273{,}15$

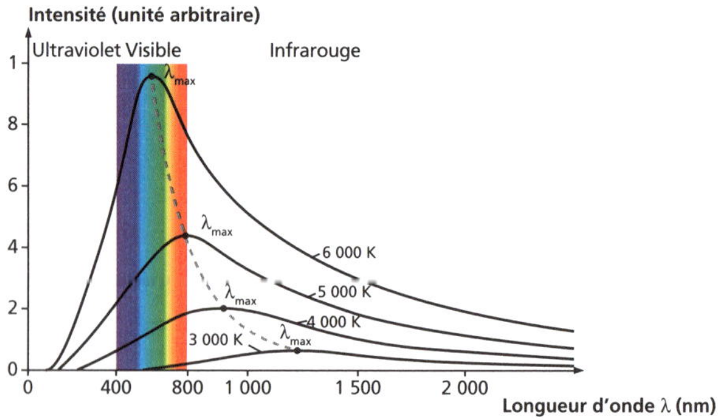

Intensité lumineuse émise en fonction de la longueur d'onde pour des corps de températures différentes

LE SAIS-TU ?

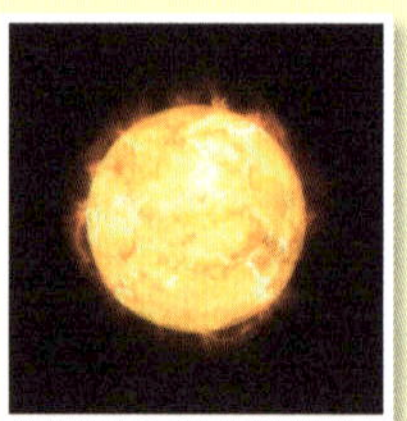

© Shutterstock/Sahara Prince

La longueur d'onde correspondant au maximum d'émission du Soleil est de 500 nm.

Grâce à la loi de Wien, on a pu déterminer que la température de surface du Soleil est d'environ 5 800 K.

Le rayonnement solaire

Pourquoi la répartition de cette énergie est-elle inégale sur Terre ?

1 Le rayonnement solaire

■ Comme toutes les étoiles, le Soleil émet de l'énergie par **rayonnement**.

■ Le rayonnement solaire est l'ensemble des **ondes électromagnétiques** émises par le Soleil. C'est ce rayonnement électromagnétique que la Terre intercepte et qui nous fournit lumière et chaleur.

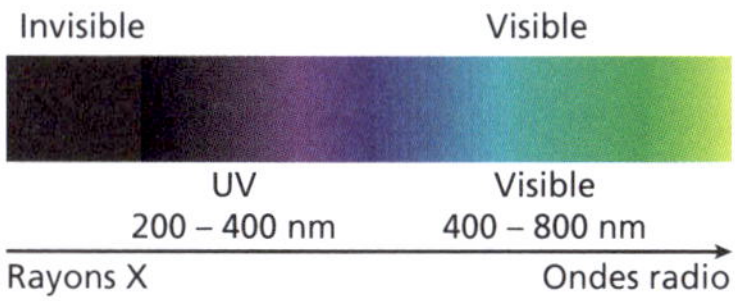

Spectre électromagnétique visible

2 La puissance solaire reçue par la Terre

■ La **puissance radiative** reçue du Soleil par une surface plane est proportionnelle à l'aire de la surface éclairée. Elle dépend donc de l'angle entre la normale à la surface et la direction du Soleil.

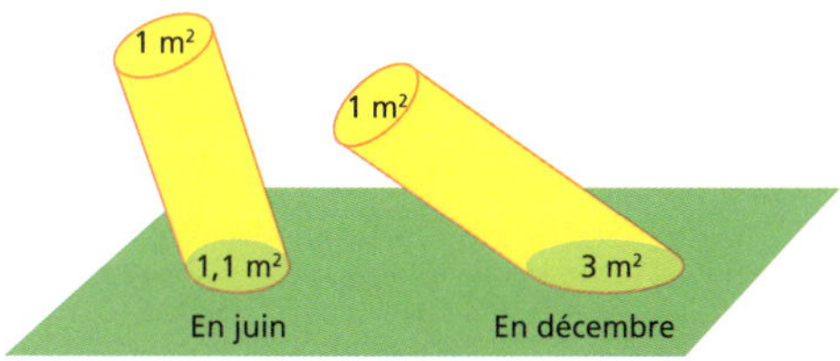

Variation de la surface éclairée par un faisceau lumineux pour une latitude nord de 47°

■ À 47 degrés de latitude nord, un faisceau de lumière du Soleil de 1 m² chauffe une surface de 1,1 m² en juin et une surface de 3 m² en décembre. La surface éclairée par un faisceau de lumière en décembre est plus grande qu'en juin. La puissance reçue est maximale lorsque la surface éclairée est minimale. La puissance reçue est donc maximale en juin et minimale en décembre. La puissance solaire varie en fonction des **saisons**.

Vu !

3 La puissance solaire reçue et la latitude

La puissance solaire reçue varie aussi selon la **latitude du lieu**. La puissance reçue est maximale lorsque la surface éclairée est minimale. Ici, la puissance solaire reçue est plus importante en C qu'en A et B car la surface éclairée en C est minimale.

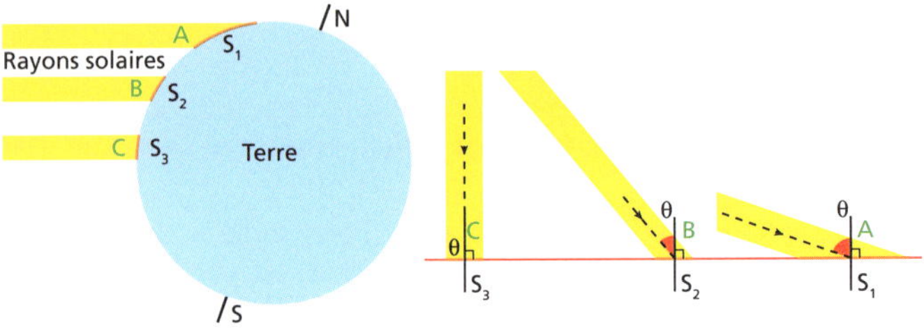

Variation de la surface éclairée avec la latitude

4 La puissance solaire reçue et la durée du jour

■ Selon la position de la Terre autour du Soleil, la hauteur du Soleil et la durée du jour varient. À 47° de latitude nord, la journée est deux fois plus longue en juin qu'en décembre. La puissance solaire reçue varie selon **le moment de l'année**.

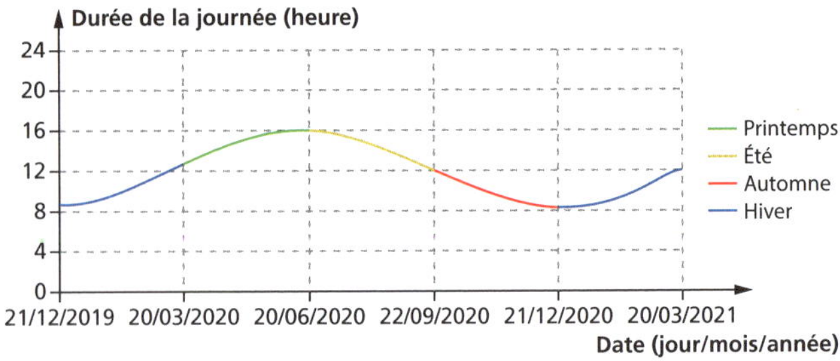

Durée du jour à 47° de latitude Nord

LE SAIS-TU ?

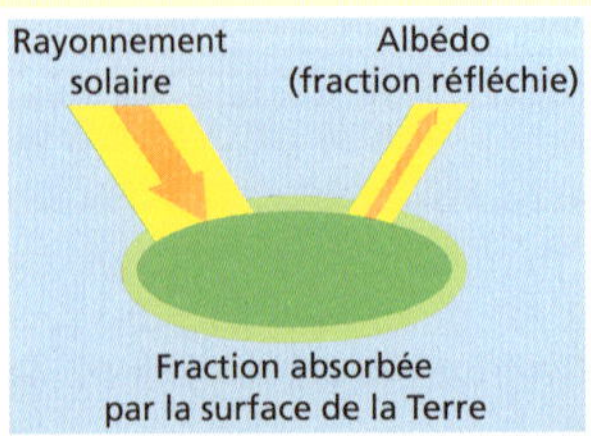

L'albédo représente la fraction de l'énergie solaire réfléchie par la Terre. Elle est comprise entre 0 (toute la lumière est absorbée) et 1 (toute la lumière est réfléchie).

Cartes RÉVIS'EXPRESS

Révisez les points clés des fiches 13 et 14

Rayonnement solaire

CARTE 1

À quoi est due l'énergie du Soleil ?

→ Fiche 13

CARTE 2

Qu'est-ce qu'une réaction de fusion nucléaire ?

→ Fiche 13

CARTE 3

Quelle est la relation masse-énergie énoncée par le physicien Albert Einstein ?

→ Fiche 13

CARTE 4

Quelle loi permet de déterminer la température d'une étoile à partir de la longueur d'onde donnant une intensité maximale ?

→ Fiche 13

CARTE 5

D'où provient l'énergie reçue par la Terre ?

→ Fiche 14

CARTE 6

Qu'est-ce que le rayonnement solaire ?

→ Fiche 14

CARTE 7

Quelle relation existe-t-il entre la puissance radiative reçue du Soleil par une surface plane et l'aire de cette surface éclairée ?

→ Fihe 14

CARTE 8

De quoi dépend la puissance radiative reçue du Soleil par la Terre ?

→ Fiche 14

Vu !

Réponses

CARTE 1

L'énergie du Soleil est due à une **chaîne de réactions nucléaires** au sein de l'étoile.

CARTE 2

C'est le processus au cours duquel des noyaux s'assemblent pour former un **noyau plus lourd**.

CARTE 3

La relation d'équivalence masse-énergie est $E = \Delta mc^2$.

CARTE 4

La **loi de Wien** permet de déterminer la température de surface T d'un corps chaud à partir de la longueur d'onde de l'intensité maximale λ_{max}.

CARTE 5

La Terre reçoit son énergie du **Soleil**. La Terre intercepte le rayonnement solaire ce qui lui fournit lumière et chaleur.

CARTE 6

Le rayonnement solaire est l'ensemble des **ondes électromagnétiques** émises par le Soleil.

CARTE 7

La puissance radiative reçue du Soleil par une surface plane est **proportionnelle** à l'aire de la surface éclairée.

CARTE 8

Sur Terre, la puissance solaire reçue par unité de surface dépend :
- de l'**heure** (alternance des jours et des nuits) ;
- du **moment** de l'année (alternance des saisons) ;
- de la **latitude** du lieu (variation du climat).

Caractéristiques du rayonnement solaire

La réaction de fusion nucléaire de l'hydrogène au cœur de notre Soleil est à l'origine d'ondes électromagnétiques.

1 Les caractéristiques de l'énergie lumineuse

■ Le maximum d'émission lumineuse du Soleil se situe à une longueur d'onde d'environ 0,5 µm. La partie visible du spectre est comprise entre 0,38 et 0,78 µm (du violet au rouge). Le Soleil émet donc la plus grande partie de son rayonnement dans le visible (le jaune plus exactement).

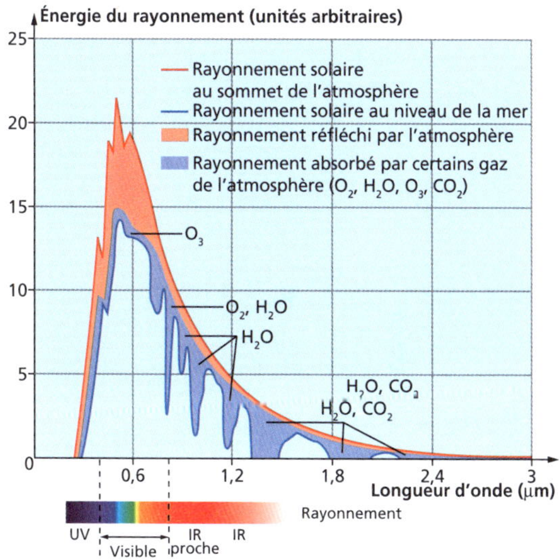

Spectres du rayonnement solaire mesuré au sommet de l'atmosphère (en rouge) et au niveau de la mer (en bleu)

2 La constante solaire

■ La puissance émise par unité de surface par le Soleil, E_S, est égale à 6×10^7 W·m^{-2}. La surface du Soleil étant une sphère, sa puissance est émise dans toutes les directions de l'espace. Le rayonnement solaire est un rayonnement électromagnétique, il ne se dissipe pas pendant sa propagation dans l'espace.

La puissance totale émise par le Soleil est équivalente à la sphère qui a pour rayon la distance Terre-Soleil.

$$\boldsymbol{P_{\text{totale}} = E_S \times (\text{surface solaire}) = E_S \times 4 \times \pi \times R^2_{\text{Soleil}}}$$

$$P_{\text{totale}} = 6 \times 10^7 \times 4 \times \pi \times (7 \times 10^8)^2 = 3{,}7 \times 10^{26}\ \text{W}$$

■ La Terre étant en moyenne à 148 millions de kilomètres du Soleil :

$$\boldsymbol{C_T = \frac{P_{\text{totale}}}{(\text{surface mégasphère})} = \frac{P_{\text{totale}}}{4 \times \pi \times D^2}}$$

$$C_T = \frac{3{,}7 \times 10^{26}}{4 \times \pi \times (1{,}48 \times 10^{11})^2}$$

$$\boldsymbol{C_T = 1\,344\ \text{W}\cdot\text{m}^{-2}}$$

Cette valeur est la constante solaire terrienne.

■ La Terre intercepte un disque de rayonnement solaire.

Ce disque est de rayon égal à celui de la Terre.

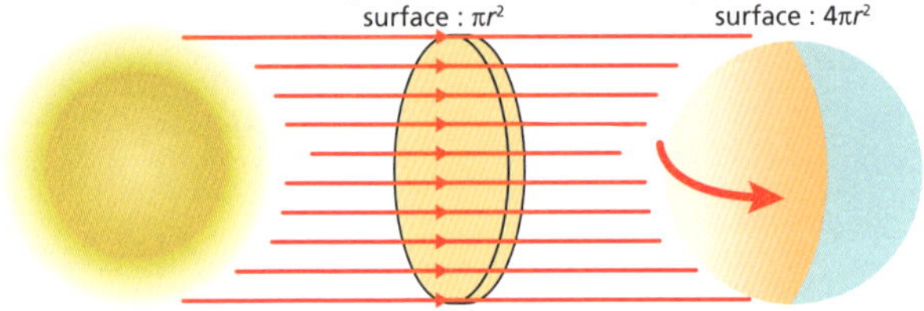

Calcul de la surface de projection du rayonnement solaire

LE SAIS-TU ?

© Shutterstock/Iakov Kalinin

La puissance totale reçue par la Terre vaut donc C_T multipliée par la surface de ce disque. Cette puissance est répartie sur la totalité de la surface de la Terre. La valeur de la constante solaire par unité de surface terrestre calculée ainsi est de 340 W·m^{-2}.

Le devenir du rayonnement solaire

L'atmosphère terrestre interagit avec le rayonnement solaire qui n'atteint pas complètement le sol au niveau de la mer.

1 L'albédo

■ **L'atmosphère terrestre interagit avec le rayonnement solaire** qui n'atteint pas complètement le sol au niveau de la mer. L'essentiel du spectre reçu se trouve ainsi entre 400 et 700 nm, ce qui correspond au domaine de sensibilité de l'œil humain.

■ **Les molécules d'air diffusent également le rayonnement solaire**. La lumière bleue est plus diffusée dans l'atmosphère que la lumière rouge. Cela explique la couleur bleue du ciel.

■ La **fraction du rayonnement solaire incident** réfléchie sans être absorbée est appelée **l'albédo**.

Sur Terre, environ 30 % du rayonnement solaire est réfléchi sans être absorbé (20 % par les nuages et 10 % par les surfaces gelées). Le reste est absorbé par l'atmosphère, les continents et les océans. **L'albédo global de la Terre est donc de 0,3**. Le flux réellement absorbé par la Terre est donc de :

$$340 \times 0{,}7 = 238\ \text{W·m}^{-2}.$$

2 Le bilan radiatif

■ Le rayonnement solaire **absorbé par l'atmosphère** est réémis en grande partie sous forme d'un rayonnement infrarouge vers le sol et vers l'espace.

■ Les continents et les océans réémettent également l'énergie absorbée sous forme d'un **rayonnement électromagnétique** dans le domaine infrarouge. Plus la surface est chaude, plus la puissance réémise par unité de surface est importante.

■ Si l'on considère que la Terre est en **équilibre radiatif**, ce qui signifie qu'elle émet autant de rayonnement qu'elle en absorbe, on peut utiliser la **loi de Stefan** pour déterminer sa température de surface.

On obtient une température de – 18 °C soit un écart de plus de 30 °C par rapport à ce qui est mesuré (voir schéma page suivante).

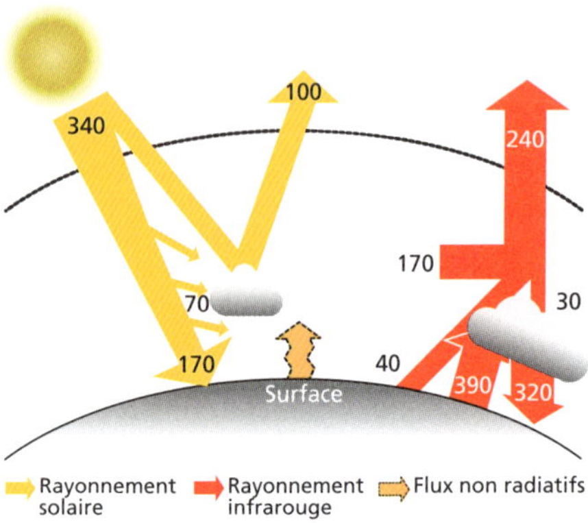

Bilan radiatif de la Terre

■ L'absorption des radiations infrarouges par certaines molécules atmosphériques est responsable de cette différence. On nomme ce phénomène « effet de serre ».

■ L'étude des spectres du rayonnement solaire mesuré au sommet de l'atmosphère et au niveau de la mer permet de déterminer les molécules responsables de cet effet de serre. Ce sont principalement les molécules d'eau et de dioxyde de carbone.

■ Un équilibre, qualifié de dynamique, est atteint lorsque le sol reçoit au total une puissance moyenne égale à celle qu'il émet.
La température moyenne du sol est alors constante.

LE SAIS-TU ?

La glace a un albédo élevé. La fonte des glaciers due au réchauffement climatique diminue la surface de glace et donc l'albedo global de la Terre.

Ce qui contribue au réchauffement climatique et accentue la fonte des glaciers, et ainsi de suite…

Cartes RÉVIS'EXPRESS

Révisez les points clés des fiches 16 et 17

Fiche 18

Bilan radiatif

CARTE 1

Quelles sont les longueurs d'ondes correspondant au spectre du visible ?

→ Fiche 16

CARTE 2

Dans quelle partie du spectre émet le Soleil ?

→ Fiche 16

CARTE 3

Quel type de rayonnement émet le Soleil ?

→ Fiche 16

CARTE 4

À quoi correspond la constante solaire ?

→ Fiche 16

CARTE 5

Qu'est-ce que l'albédo ?

→ Fiche 17

CARTE 6

Pourquoi La Terre est plus chaude que la Lune ?

→ Fiche 17

CARTE 7

En quoi consiste l'effet de serre ?

→ Fiche 17

CARTE 8

Quelles sont les molécules responsables de l'effet de serre terrestre ?

→ Fiche 17

Vu !

Réponses

CARTE 1

La partie visible du spectre est comprise **entre 0,38 et 0,78 µm (du violet au rouge)**.

CARTE 2

Le Soleil émet dans la partie **visible**.

CARTE 3

Le rayonnement solaire est un **rayonnement électromagnétique**.

CARTE 4

La constante solaire correspond à la **quantité d'énergie reçue** par une surface exposée perpendiculairement aux rayons du Soleil, sans atmosphère, pendant 1 seconde.

CARTE 5

L'albédo est la **fraction du rayonnement solaire incident réfléchie sans être absorbée**.

CARTE 6

La Lune ne possède pas d'atmosphère, il n'y a donc **pas d'effet de serre**.

CARTE 7

L'effet de serre est dû à **l'absorption de radiations infrarouges** par certaines molécules atmosphériques (H_2O et CO_2).

CARTE 8

Les molécules responsables de l'effet de serre dans l'atmosphère terrestre sont principalement **l'eau et le dioxyde de carbone**.

Biosynthèse de matière organique

L'utilisation par la photosynthèse d'une infime partie de l'énergie solaire reçue par la planète fournit l'énergie nécessaire à l'ensemble des êtres vivants.

1 La synthèse de matière organique

■ À la lumière, les végétaux produisent des glucides à partir de CO_2 et H_2O. Cette production est accompagnée d'un rejet d'O_2.

■ Cette synthèse photo-dépendante, appelé « photosynthèse » a lieu dans des organites particuliers, les chloroplastes. Ce processus permet la transformation d'énergie lumineuse en énergie chimique potentielle.

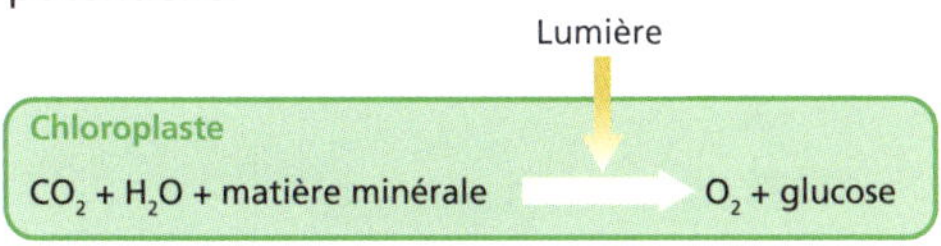

Équation bilan de la photosynthèse

■ À partir des premiers produits de la photosynthèse, un végétal fabrique d'autres types de molécules organiques (lipides, protéines, acides nucléiques…).

■ La photosynthèse a lieu dans les parties chlorophylliennes du végétal. Les feuilles sont les principaux organes chlorophylliens.

2 L'utilisation de l'énergie solaire durant la photosynthèse

■ Une feuille semble verte parce que les pigments qu'elle contient absorbent la lumière rouge et la lumière bleue en même temps qu'ils diffusent la lumière verte.

■ On peut mesurer la capacité d'un pigment à absorber diverses longueurs d'onde en utilisant un spectrophotomètre. Cet appareil dirige un faisceau lumineux de plusieurs longueurs d'onde à travers une solution du pigment en question et mesure la proportion de lumière transmise selon chaque longueur d'onde. Cela permet de réaliser un spectre d'absorption des pigments chlorophylliens.

■ Ce spectre permet d'imaginer que la lumière bleu-violet et la lumière rouge sont les plus favorables à la photosynthèse chez les plantes, parce qu'elles sont absorbées, tandis que la lumière verte est la moins favorable. Cette hypothèse a été validée par Theodor W. Engelmann en 1883. Il a exposé des segments distincts

Vu !

d'une algue à des longueurs d'onde différentes. Il a utilisé des bactéries pour repérer les segments libérant le plus de dioxygène, ce qui permet de savoir à quels endroits la photosynthèse est la plus productive.

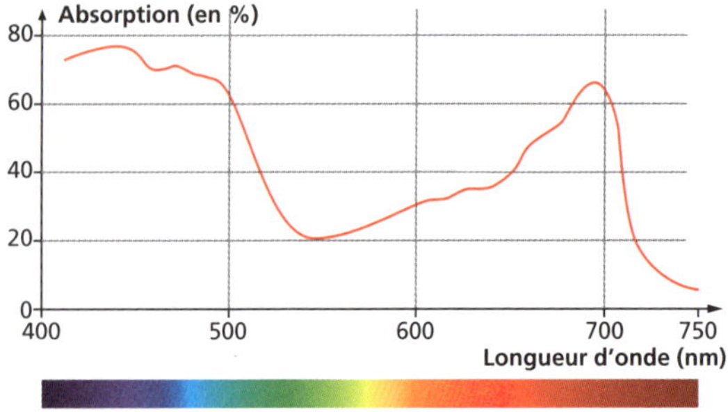

Spectre d'absorption des pigments chlorophylliens

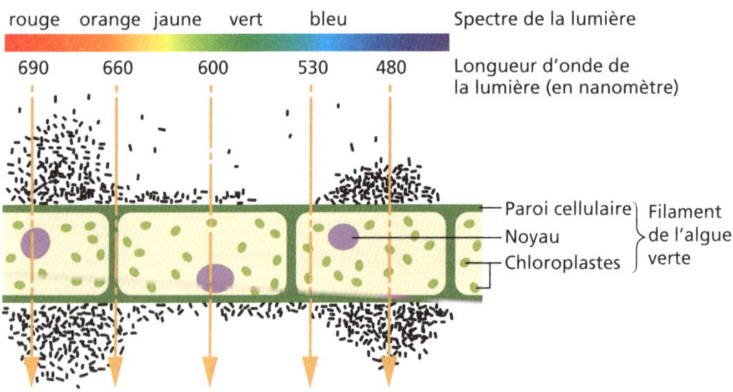

Résultat de l'expérience réalisée par Engelmann

LE SAIS-TU ?

© Shutterstock/Matt Benzero

Durant la nuit, les végétaux utilisent de l'O_2 et rejettent du CO_2 : ils respirent.

Le jour cette respiration n'est pas mesurable car la photosynthèse a lieu.

La photosynthèse dans la biosphère

L'atmosphère terrestre interagit avec le rayonnement solaire qui n'atteint pas complètement le sol au niveau de la mer.

1 La photosynthèse dans la biosphère

■ La biosphère est constituée d'un ensemble d'écosystèmes. Un écosystème est composé d'êtres vivants, d'un environnement et de l'ensemble des relations entre les êtres vivants et l'environnement.

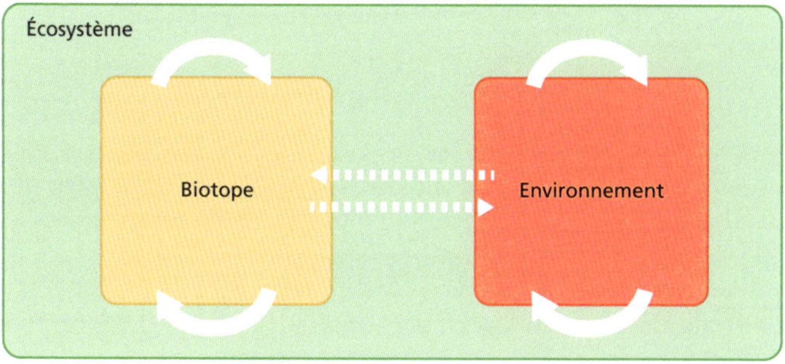

Caractéristique d'un écosystème

■ Dans un écosystème, les végétaux occupent une place particulière. Étant les seuls êtres vivants à pouvoir synthétiser de la matière organique à partir de matière minérale et de lumière, les végétaux se trouvent à la base des réseaux trophiques dans les écosystèmes. Ils sont les producteurs primaires de la matière organique.

Les autres êtres vivants sont des producteurs secondaires. Ils dépendent plus ou moins directement des végétaux pour élaborer leur matière organique.

■ À l'échelle de la planète, la photosynthèse permet l'entrée d'énergie et de matière minérale dans la biosphère. L'énergie solaire ayant permis la photosynthèse est stockée sous forme chimique.

Ce n'est qu'une infime partie de l'énergie solaire reçue par la planète : environ 0,1 % de la puissance solaire totale disponible.

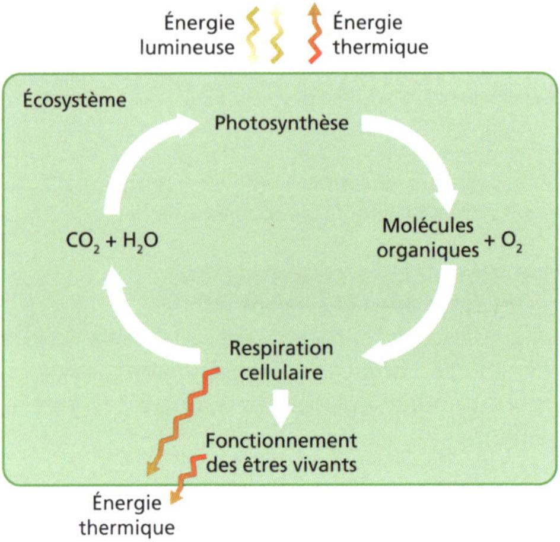

Flux d'énergie et de matières dans un écosystème

■ La respiration cellulaire et la fermentation extraient l'énergie emmagasinée dans les molécules organiques pour produire l'énergie nécessaire au fonctionnement des êtres vivants.

2 L'origine des combustibles fossiles

■ L'étude de gisements permet d'obtenir des indices concernant l'origine des combustibles fossiles. La présence de restes organiques (pollen, bois…) ou de fossiles, leur capacité à être brûlé montre qu'ils sont issus d'une biomasse qui s'est transformée et fossilisée au cours des temps géologiques. Seule une très faible proportion de la matière organique produite peut échapper à l'action des décomposeurs.

■ Brûler un combustible fossile, c'est en réalité utiliser une énergie solaire du passé piégée dans des roches depuis longtemps (plusieurs dizaines voire centaines de millions d'années).

LE SAIS-TU ?

Pour récupérer le pétrole formé il y a plusieurs millions d'années, il est nécessaire de creuser des forages pouvant aller jusqu'à 6 000 m de profondeur. Beaucoup de gisements étant sous-marin, les forages sont souvent installés en mer.

Cartes RÉVIS'EXPRESS

Révisez les points clés des fiches 19 et 20

Fiche 21

Photosynthèse

CARTE 1

En quoi consiste la photosynthèse ?

→ Fiche 19

CARTE 2

Où a lieu la photosynthèse dans les cellules végétales ?

→ Fiche 19

CARTE 3

Pourquoi une feuille semble-t-elle être verte ?

→ Fiche 19

CARTE 4

Quelles sont les longueurs d'onde efficaces pour la photosynthèse ?

→ Fiche 19

CARTE 5

De quoi est composé un écosystème ?

→ Fiche 20

CARTE 6

Quelle est la place des végétaux dans les réseaux trophiques ?

→ Fiche 20

CARTE 7

Quel rôle joue la photosynthèse à l'échelle de la planète ?

→ Fiche 20

CARTE 8

D'où provient l'énergie contenue dans les combustibles fossiles ?

→ Fiche 20

Vu !

Réponses

CARTE 1

La photosynthèse est la **production de matière organique à partir de CO_2 et H_2O**. La source d'énergie permettant cette production est la lumière.

CARTE 2

Les **chloroplastes** sont les lieux où se déroule la photosynthèse dans les cellules végétales.

CARTE 3

Les **pigments de la feuille absorbent la lumière rouge et la lumière bleue** en même temps qu'ils diffusent la lumière verte.

CARTE 4

La lumière **bleu-violet** et la lumière **rouge** sont les plus favorables à la photosynthèse.

CARTE 5

Un écosystème est composé **d'êtres vivants**, **d'un environnement** et de **l'ensemble des relations** entre les êtres vivants et l'environnement.

CARTE 6

Les végétaux se trouvent **à la base des réseaux trophiques** dans les écosystèmes.

CARTE 7

À l'échelle de la planète, la photosynthèse permet **l'entrée d'énergie et de matière minérale** dans la biosphère.

CARTE 8

L'énergie contenue dans les combustibles fossiles provient de **l'énergie solaire piégée dans des roches** depuis longtemps.

Diverses énergies d'origine solaire

À côté du nucléaire, l'humanité utilise d'autres ressources énergétiques qui proviennent toutes plus ou moins directement du Soleil.

1 Le Soleil est à l'origine de flux utilisables

■ **L'éolien**. L'énergie solaire est inégalement répartie à la surface du globe terrestre. Cela conduit à des mouvements de l'atmosphère. En surface, ces mouvements correspondent aux vents. Les éoliennes sont mises en mouvement par ces **flux d'air** et produisent de **l'électricité**.

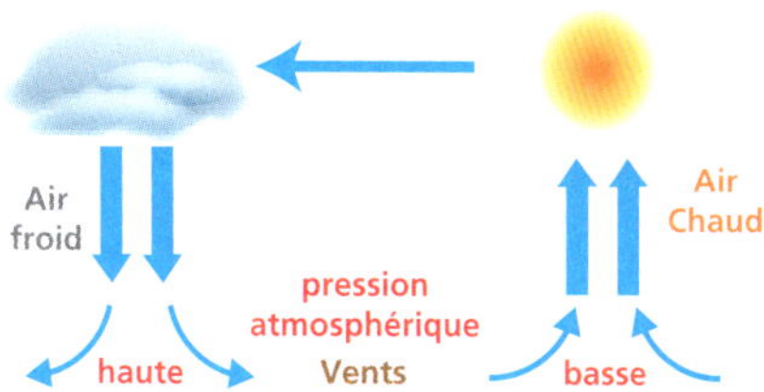

Énergie solaire et vents

■ **L'hydrolien**. Les vents conduisent à la mise en mouvement des masses d'eau océaniques, les courants océaniques. Les hydroliennes convertissent ces **flux d'eau** en **électricité**.

■ **L'hydraulique**. L'énergie solaire est le moteur du **cycle de l'eau**. Elle permet l'évaporation de l'eau au niveau des océans. Cette vapeur d'eau est déplacée par les vents au-dessus des continents où elle précipite sous forme de pluies. Les ruissellements d'eau sont canalisés dans les barrages hydrauliques. **Les flux d'eau** mettent en mouvement des turbines et sont alors convertis en **électricité**.

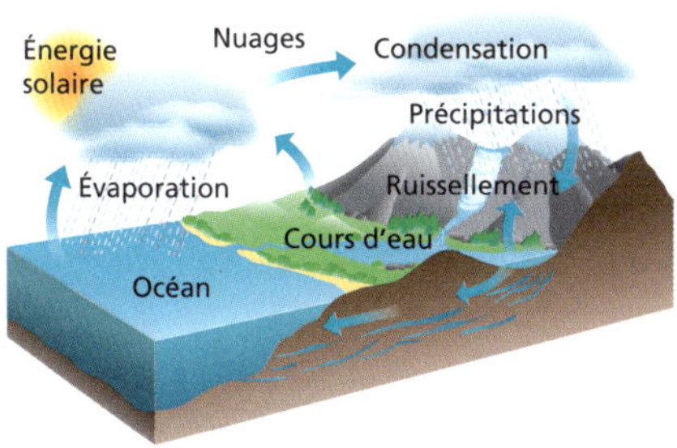

Énergie solaire et cycle de l'eau

Vu !

2 Le Soleil à l'origine de stocks énergétiques

- Les combustibles fossiles. Le Soleil permet la formation des combustibles fossiles (voir fiche suivante) source d'énergie thermique principalement. Ces combustibles constituent un stock d'énergie.

- La biomasse. Le Soleil permet aussi la formation de la biomasse (voir fiche suivante) source d'énergie thermique. Cette biomasse correspond à un stock d'énergie.

3 Utilisation des différentes ressources

- Les différentes ressources énergétiques sont utilisées diversement à l'échelle de la planète. Pour l'instant, ce sont les énergies obtenues sous forme de stock qui prédominent.

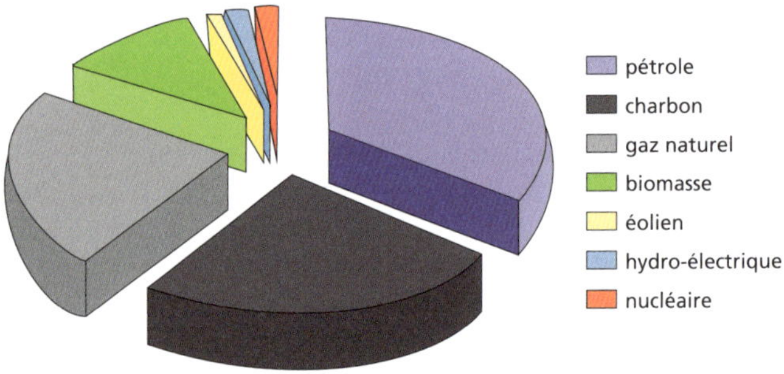

Utilisation mondiale des ressources énergétiques

LE SAIS-TU ?

© Shutterstock/Shaiith

Les panneaux solaires convertissent directement l'énergie solaire absorbée en électricité utilisable.

Énergies renouvelables - non renouvelables

L'énergie solaire est à l'origine d'une grande diversité de ressources énergétiques qualifiées de renouvelables et de non renouvelables.

1 Le temps de formation des énergies

■ Les différentes énergies évoquées ont des **temps nécessaires à leur renouvellement** différents.

■ Le Soleil est une source d'énergie gigantesque qui est directement utilisable par les panneaux photovoltaïques ou indirectement dans les flux d'eau ou d'air. Le **renouvellement de ces énergies est plus rapide que leur consommation par l'humanité**. Ce sont des **énergies renouvelables** qui ne produisent pas de **gaz à effet de serre**.

Énergies	Temps nécessaire au renouvellement
Photovoltaïque	Immédiat
Éolien	Immédiat
Hydrolien	Immédiat
Hydraulique	Immédiat
Combustibles fossiles	Quelques dizaines de millions d'années
Biomasse	De quelques mois à quelques années

Temps de formation des différentes énergies

■ **La production de biomasse est rapide** mais nécessite du temps. Cette **ressource énergétique est qualifiée de renouvelable** dans la mesure où la vitesse de consommation par l'humanité n'excède pas celle de la production.

■ À l'échelle de l'humanité, **les combustibles fossiles ne se renouvellent pas** rapidement. Ils constituent une **énergie non renouvelable**.

2 Les combustibles fossiles

■ Les combustibles fossiles sont les **charbons**, les **pétroles** et les **gaz combustibles**.

■ On trouve dans ces combustibles des indices d'une **origine biologique**. Les charbons contiennent des fossiles végétaux. Les pétroles et gaz sont constitués de molécules dont la composition est proche des molécules organiques.

■ **Les combustibles fossiles se sont formés à partir de la matière organique produite par photosynthèse**, il y a plusieurs dizaines à plusieurs centaines de millions d'années. La matière organique a été conservée et transformée lentement.

L'utilisation des combustibles fossiles est incontournable actuellement. Elle correspond encore à plus de la moitié des différentes énergies utilisées dans le monde.

Leur utilisation est problématique d'un point de vue écologique. En les utilisant, on restitue dans l'atmosphère des quantités importantes de gaz à effet de serre (le CO_2 principalement) qui ont été piégés il y a très longtemps. C'est l'origine du réchauffement climatique actuel.

3 La biomasse source d'énergie

La biomasse est constituée de matière organique utilisable comme source d'énergie.

La biomasse produite libère de l'énergie lors de sa combustion. On utilise ainsi du bois, des granulés de bois.

Ressources énergies	Pouvoir calorifique ($MJ.kg^{-1}$)
Essence	47,3
Bioéthanol	29,7
Bûche de bois	14,6
Granulés de bois	17,6

Pouvoir calorifique de différents combustibles

Le bioéthanol provient de la fermentation de glucides produits par les végétaux tels que la betterave à sucre, la canne à sucre. De l'alcool est obtenu qui est transformé en bioéthanol.

Le pouvoir calorifique d'une matière combustible évalue la **quantité d'énergie libérée** lors de la combustion d'une même masse de matière. Il diffère selon les différentes biomasses.

La biomasse utilisée comme source d'énergie est neutre d'un point de vue climatique. Les rejets de CO_2 correspondent à du CO_2 qui a été prélevé pour la synthèse de cette biomasse. La situation est plus compliquée, pour fabriquer le bioéthanol, on utilise des combustibles fossiles sources de CO_2.

La production de biomasse comme source énergétique entre en concurrence avec la production de biomasse à destination de **l'alimentation**.

LE SAIS-TU ?

L'utilisation des combustibles fossiles conduit à un épuisement de cette ressource.

Le rejet de CO_2 est le problème majeur de l'utilisation de ces combustibles.

Cartes RÉVIS'EXPRESS

Révisez les points clés des fiches 22 et 23

Diversité des ressources énergétiques

CARTE 1

Quel est le flux utilisé par l'éolien ?

→ Fiche 22

CARTE 2

Pourquoi les courants marins peuvent-ils être d'origine solaire ?

→ Fiche 22

CARTE 3

Quels sont les stocks énergétiques d'origine solaire ?

→ Fiche 22

CARTE 4

Quelle énergie est la plus utilisée à l'échelle mondiale, stock ou flux ?

→ Fiche 22

CARTE 5

Quelles sont les énergies d'origine solaire qui sont renouvelables ?

→ Fiche 23

CARTE 6

Pour quelle raison les combustibles fossiles ne sont-ils pas renouvelables ?

→ Fiche 23

CARTE 7

Comment est obtenue l'énergie résultant de l'utilisation de la biomasse ?

→ Fiche 23

CARTE 8

Qu'est-ce que le pouvoir calorifique ?

→ Fiche 23

Vu !

Réponses

CARTE 2

Les **courants océaniques** sont dus, pour certains, aux **vents**. Or ces vents sont générés par **l'inégale répartition de l'énergie solaire à la surface terrestre**.

CARTE 1

Il s'agit d'un flux d'air, les **vents** qui sont générés du fait de mouvements verticaux de masse d'air **d'origine solaire**.

CARTE 4

Les **trois quarts** de l'énergie utilisée à l'échelle du globe correspondent **aux combustibles fossiles** donc à des **stocks**.

CARTE 3

Il existe deux stocks d'énergie d'origine solaire, en opposition aux flux énergétiques, les **combustibles fossiles** et la **biomasse**.

CARTE 6

Les combustibles fossiles **se renouvellent sur des échelles de temps très longues**. Ces temps sont bien **plus grands que ceux de l'utilisation rapide faite par l'être humain**.

CARTE 5

Les énergies renouvelables sont celles qui se renouvellent immédiatement à partir de l'énergie solaire : le **photovoltaïque**, **l'éolien**, **l'hydrolien**, **l'hydraulique**.

CARTE 8

Le pouvoir calorifique d'une matière combustible évalue la **quantité d'énergie libérée lors de la combustion** d'une même masse de matière.

CARTE 7

L'énergie résultant de l'utilisation de la biomasse est obtenue par **combustion** ou par **fermentation**.

Se repérer sur la Terre

La Terre est ronde alors que localement elle nous apparaît plane dans la plupart des expériences quotidiennes. Pourquoi la Terre est-elle ronde ? Comment peut-on se repérer à sa surface ?

1 La forme de la Terre

- C'est le philosophe grec **Aristote** qui apporte les premières preuves de la sphéricité de la Terre. Pour cela, il observe la forme arrondie de l'ombre portée par la Terre sur la Lune lors d'une éclipse.
- La forme de la Terre est due à la force appelée **force gravitationnelle**. Cette force a permis à la matière de se rapprocher et de former la Terre primitive. Une fois la planète formée, le centre de la Terre attire la matière avec une force égale dans toutes les directions. Progressivement, la Terre a pris sa forme : une sphère.
- La Terre est donc globalement **sphérique**. Son rayon est de 6 371 km.

2 Les méridiens et les parallèles

- Pour se repérer sur la Terre, l'homme a tracé des lignes imaginaires à sa surface : les **méridiens** et les **parallèles**.

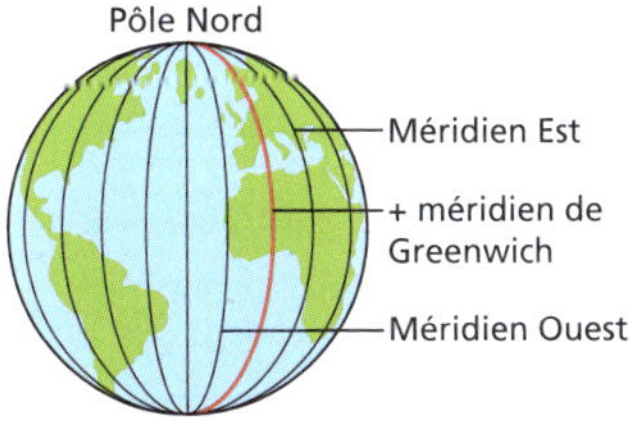

Les méridiens

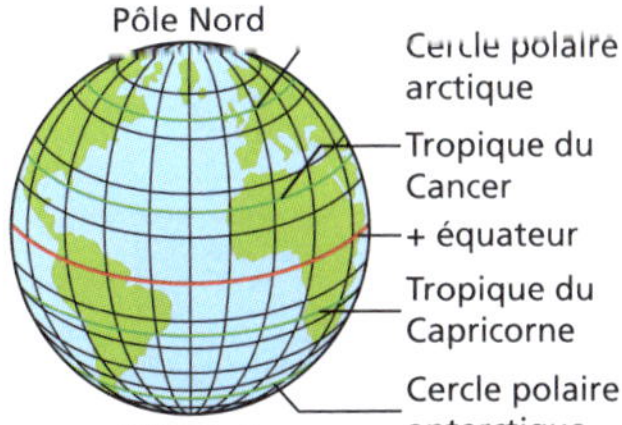

Les parallèles

- Les **méridiens** (au nombre de 360) sont des demi-cercles qui joignent les deux pôles. Le méridien de référence est le méridien de Greenwich. Chaque méridien est séparé par un degré d'arc.
- Les **parallèles** sont des cercles imaginaires parallèles à l'équateur. L'équateur est le parallèle de référence. Il sépare la Terre en deux hémisphères (hémisphère Nord et hémisphère Sud).

Vu !

3 Les coordonnées géographiques

■ Pour repérer un point à la surface de la Terre, on utilise ses coordonnées géographiques (ou coordonnées angulaires) : la **longitude** et la **latitude**.

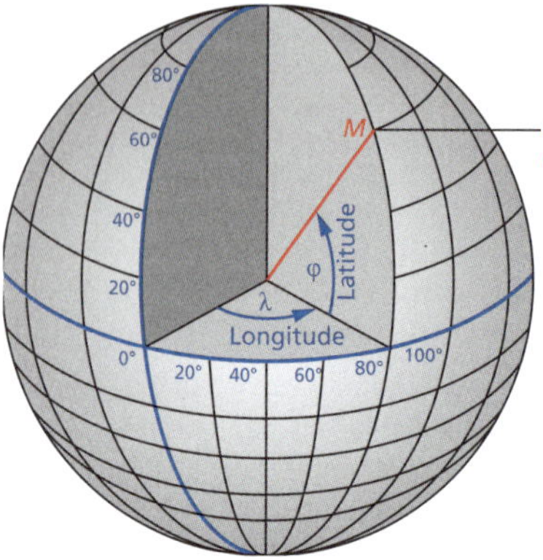

La longitude du point *M* est : 80° Est
La latitude du point *M* est : 60° Nord
Le point *M* a pour coordonnées géographiques : Longitude 80° N et Latitude 60°E.

Les coordonnées géographiques

■ **La longitude** est l'angle λ formé entrer le méridien d'origine (méridien de Greenwich) et le méridien du lieu. Il sera noté Est ou Ouest selon sa position par rapport au méridien de Greenwich. Il est aussi possible de donner une valeur négative aux longitudes ouest (par exemple : une longitude 10° Ouest peut se noter –10°).

■ **La latitude** est l'angle φ formé entre l'équateur et le parallèle du lieu. Il sera noté Nord ou Sud selon sa position par rapport à l'équateur.

LE SAIS-TU ?

© Shutterstock/Alex Segre

Le méridien de Greenwich est le méridien qui sert de référence 0° pour la mesure de la longitude. Il a été adopté en 1884 par la convention internationale

Cette ligne imaginaire passe à travers l'observatoire royal de Greenwich qui se situe dans la banlieue de Londres.

Matérialisation du méridien de Greenwich

La mesure du méridien

La mesure du méridien a permis de démontrer que la Terre, longtemps considérée comme plate, est bien sphérique. Comment a-t-on déterminé la longueur du méridien terrestre ?

1 La mesure du méridien par Ératosthène

■ Ératosthène fut le premier à mesurer la longueur du méridien terrestre et à en déduire le diamètre de la Terre grâce à ce qu'on appelle l'expérience d'Ératosthène.

À Syène (actuelle Égypte), il observa qu'au solstice d'été à midi, (lorsque le Soleil est à la verticale du sol) les rayons du Soleil éclairaient le fond d'un puits. À la même date, à Alexandrie, il observa l'ombre d'un bâton planté verticalement et en mesura l'angle au sommet.

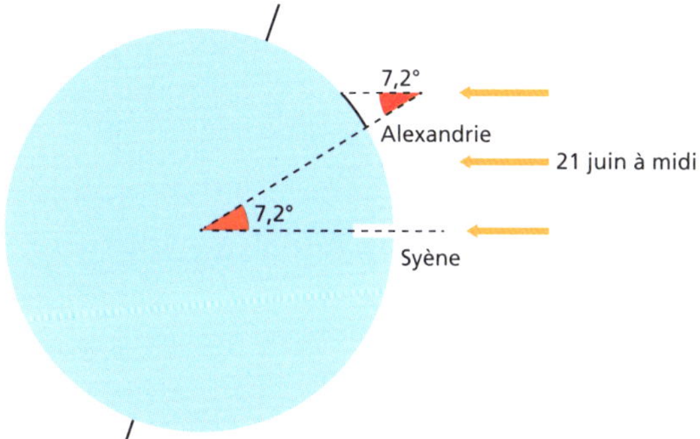

Expérience d'Ératosthène à Syène et Alexandrie, 200 av. J.-C.

■ En utilisant la propriété des angles alternes-internes, Ératosthène détermina l'angle séparant les deux villes : 7,2°.

Cet angle correspond à 1/50e de la circonférence d'une sphère donc de la Terre. Connaissant la distance séparant Syène et Alexandrie, deux villes situées sur le même méridien et distantes de 900 km, il en déduit la circonférence de la Terre.
Il trouva par cette méthode une circonférence de 39 375 km.

Vu !

2 La mesure du méridien par Delambre et Méchain

■ En 1791, Jean-Baptiste Delambre et Pierre Méchain sont chargés par l'Académie des sciences de mesurer la longueur de l'arc de méridien entre Dunkerque et Barcelone. Pour cela, ils utilisent la **méthode de la triangulation**. Grâce à leurs mesures, la **valeur du mètre** a pu être fixée comme le dix millionième du quart du méridien terrestre.

■ La **loi des sinus** exprime que la mesure de deux angles et de la longueur d'un côté du triangle permet de connaître la mesure du troisième angle et la longueur des deux autres côtés.

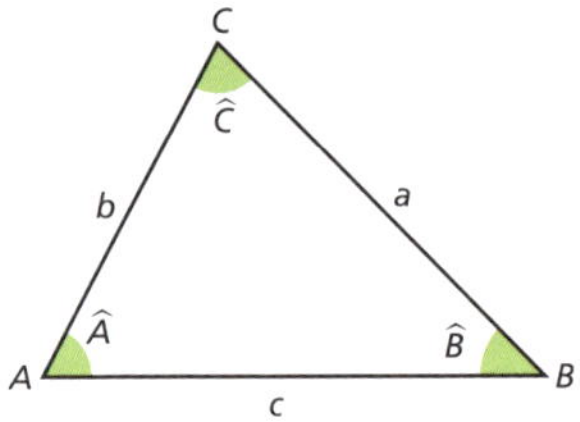

$$\frac{a}{\sin\widehat{A}} = \frac{b}{\sin\widehat{B}} = \frac{c}{\sin\widehat{C}}$$

LE SAIS-TU ?

Mètre étalon sur la façade du ministère de la Justice, place Vendôme à Paris

Grâce aux travaux de Delambre et Méchain, des mètres étalons sont installés dans les villes afin que la population puisse se familiariser avec cette nouvelle unité de mesure.

Historiquement, la valeur du mètre était définie comme la dix millionième partie du quart du méridien terrestre.

Cartes RÉVIS'EXPRESS

Révisez les points clés des fiches 25 et 26

La forme de la Terre

CARTE 1

Quel scientifique grec apporte les premières preuves de la sphéricité de la Terre ?

→ Fiche 25

CARTE 2

Quel système de coordonnées utilise-t-on pour se repérer à la surface de la Terre ?

→ Fiche 25

CARTE 3

Que signifie les informations 48°N – 10°E données par un GPS ?

→ Fiche 25

CARTE 4

Que mesure Ératosthène pour déterminer le rayon terrestre ?

→ Fiche 26

CARTE 5

Quelle méthode est utilisée par Delambre et Méchain pour déterminer la longueur du méridien terrestre ?

→ Fiche 26

CARTE 6

À quelle force est due la forme sphérique de la Terre ?

→ Fiche 25

CARTE 7

Quel est le méridien de référence ?

→ Fiche 25

CARTE 8

Quel est le parallèle de référence ?

→ Fiche 25

Réponses

CARTE 1

C'est **Aristote** qui apporte les premières preuves de la sphéricité de la Terre. Pour cela, il observe la forme arrondie de l'ombre portée par la Terre sur la Lune lors d'une éclipse.

CARTE 2

Pour repérer un point à la surface de la Terre, on utilise ses coordonnées géographiques (ou coordonnées angulaires) : **la longitude et la latitude**.

CARTE 3

Cela signifie que le lieu a pour coordonnées :
Longitude 48 degrés Nord - Latitude 10 degrés Est.

CARTE 4

Au solstice d'été, Ératosthène mesure **l'angle formé** par les rayons lumineux du Soleil arrivant sur deux villes séparées par une **distance connue**.

CARTE 5

Ils utilisent la méthode de **triangulation**.

CARTE 6

La forme de la Terre est due à une force appelée **force gravitationnelle**.

CARTE 7

Le méridien de référence est le **méridien de Greenwich** (Londres). Il sert de référence 0° pour la mesure de la longitude.

CARTE 8

L'équateur est le parallèle de référence. Il sépare la Terre en deux hémisphères (l'hémisphère Nord et l'hémisphère Sud).

L'âge de la Terre

Comment les scientifiques ont-ils pu déterminer l'âge de notre planète ?

1 Les premières estimations

■ Les savants de la Renaissance ont évalué l'âge de la Terre en faisant une interprétation des récits bibliques. L'estimation la plus couramment admise à la Renaissance était que la Terre s'était formée 4 004 ans avant J.-C. De nouvelles connaissances vont remettre progressivement en cause cette estimation.

■ En étudiant l'épaisseur des couches sédimentaires dans les Alpes, Georges Louis Leclerc, (comte de) Buffon (1707-1788) aboutit à un âge estimé de la Terre entre plusieurs millions et plus d'un milliard d'années. Buffon n'osa pas publier ses résultats. Ceux-ci venant heurter l'estimation issue de la Bible.

Georges Louis Leclerc (comte de) Buffon

■ En s'appuyant sur les travaux de Buffon et de Fourier, Lord Kelvin (1824-1907) donne d'abord une fourchette de 20-400 millions d'années puis la réduit à 20-40 millions en 1897 en datant l'âge du Soleil « probablement inférieur à 100 millions d'années ».

■ L'idée que les lois de la physique sont universelles, applicables non seulement dans le présent, mais aussi dans le passé et le futur, peut sembler évident aujourd'hui. Cela n'était pas le cas au XVIIe siècle.

Kelvin jouissant d'une autorité immense, cet âge de la Terre de quelques dizaines de millions d'années sera finalement accepté par une partie de la communauté scientifique. Même l'église renoncera à son estimation de 4 004 ans avant J.-C. établie par James Ussher.

2 La controverse entre géologues et physiciens

■ À la fin du XIXe siècle, la plupart des géologues estime l'âge de la Terre à plusieurs milliards d'années. Pour Charles Darwin (1809-1882), cette estimation de l'âge de la Terre est plus vraisemblable que celle de Kelvin. Pour rendre compte de l'évolution de la faune et de la flore, quelques millions d'années ne se suffisent pas. Des couches géologiques de plusieurs dizaines de millions d'années ne contiennent pas de variations significatives dans l'évolution des fossiles qu'elles ont emprisonnés.

■ Thomas Henry Huxley (1825-1895) scientifique britannique dira pour défendre Darwin sur ce point : « *La mathématique peut se comparer à un moulin d'une facture exquise, qui peut moudre de la matière à n'importe quel degré de finesse. Cependant, ce que l'on en tire dépend de ce que l'on y a mis ; et de même que le meilleur moulin du monde n'extraira pas de la farine de blé de cosses de petits pois, ainsi des pages de formules ne fourniront pas un résultat fiable à partir de données imprécises* ». Aujourd'hui, nous connaissons l'origine de l'erreur commise par Kelvin : la Terre ne peut pas être considérée comme un solide homogène.

LE SAIS-TU ?

La stratigraphie étudie la succession des différentes couches géologiques ou strates. La succession des dépôts sédimentaires permet une estimation de l'âge de la Terre.

L'apport de la radiochronologie

L'atmosphère terrestre interagit avec le rayonnement solaire qui n'atteint pas complètement le sol au niveau de la mer.

1 La découverte de la radioactivité

■ En 1902, Ernest Rutherford (1871-1937) et Frederick Soddy (1877-1956) établissent la notion de période d'un élément radioactif. Pour caractériser la radioactivité d'un élément, ils en mesurent l'activité, c'est-à-dire le nombre de désintégrations qu'il subit par unité de temps. Ils s'aperçoivent que le temps qu'il faut pour que l'activité d'un élément radioactif diminue de moitié est une constante qui ne dépend que du noyau étudié. Ce temps, appelé période T de l'élément radioactif, est caractéristique : à chaque intervalle de temps T, la quantité de noyaux radioactifs restante est divisée par deux. Il en résulte que la radioactivité est exponentiellement décroissante.

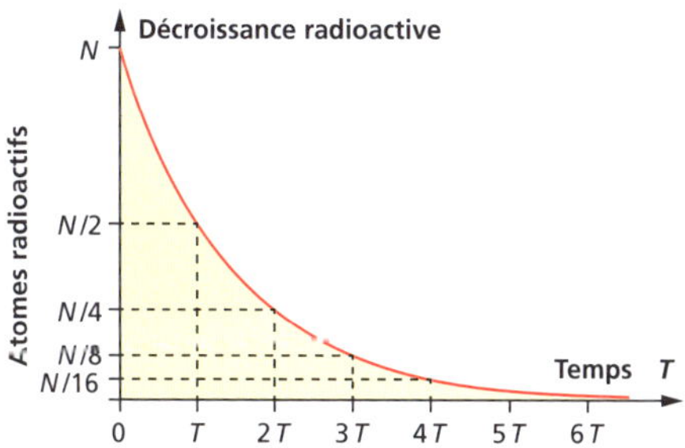

Courbe de décroissance radioactive

■ C'est cette régularité qui fait de la radioactivité une horloge. On doit à Rutherford d'avoir exploité cette loi de décroissance pour la datation des roches. Il estime l'âge d'un granite à 497 millions d'années.

2 La datation de l'âge de la Terre à l'aide de la radiochronologie

■ En 1938, Alfred Nier (1911-1994) propose une approche isotopique de la datation radiométrique. Il mesure la composition isotopique du plomb (rapport $^{207}Pb/^{206}Pb$) et trouve, pour les plus vieux échantillons de roche, des âges de 2,5 Ga.

Vu !

À la même époque, l'astronome Edwin Hubble avait estimé l'âge de l'univers entre 1,8 et 2 Ga en utilisant l'éloignement progressif des galaxies.

■ Au début des années 1950, la spectrométrie de masse a fait des progrès. Clair Patterson (1922-1995) procède à l'analyse de la composition isotopique des météorites et montre que la Terre et les météorites se sont formées à la même époque, il y a 4,55 Ga, à partir d'un même matériau. C'est donc l'âge de formation du système solaire. Cet âge sera confirmé par d'autres méthodes isotopiques. L'âge de l'Univers sera réévalué par les astronomes et estimé à 14 Ga.

3 Conclusion

Cette détermination de l'âge de la Terre est exemplaire du tournant opéré dans le monde savant depuis la Renaissance. La détermination scientifique de l'âge de la Terre a été réalisée en confrontant des données, des théories et des hypothèses. Loin d'une vision statique, la recherche scientifique est faite de débats, de réfutations et d'évolutions. Comme toute question scientifique complexe, elle a été résolue grâce à la participation de nombreux scientifiques : mathématiciens, physiciens, chimistes, biologistes et géologues.

LE SAIS-TU ?

© Shutterstock/ Tristan3D

On pense aujourd'hui que la Lune s'est formée il y a 4,468 milliards d'années, soit environ 100 millions d'années après la formation de la Terre. L'hypothèse retenue est celle de l'impact géant : la Lune aurait été créée à partir d'une collision entre la jeune Terre et un corps de la taille de Mars nommé Théia.

Cartes RÉVIS'EXPRESS

Révisez les points clés des fiches 28 et 29

L'histoire de la Terre

CARTE 1

Quelle est l'estimation de l'âge de la Terre la plus couramment admise à la Renaissance ?

→ Fiche 28

CARTE 2

Comment Buffon estime-t-il l'âge de la Terre ?

→ Fiche 28

CARTE 3

Pourquoi Darwin remet-il en cause l'estimation réalisée par Lord Kelvin ?

→ Fiche 28

CARTE 4

Dans le domaine de la radioactivité, qu'est-ce que la période ?

→ Fiche 29

CARTE 5

Pourquoi assimile-t-on la radioactivité à une horloge ?

→ Fiche 29

CARTE 6

Quel est l'âge de la Terre estimé à l'aide de la radiochronologie ?

→ Fiche 29

CARTE 7

Que permet un spectromètre de masse ?

→ Fiche 29

CARTE 8

Quels domaines scientifiques ont été utilisés afin de connaître l'âge de la Terre ?

→ Fiche 29

Vu !

Réponses

CARTE 1

L'estimation de l'âge de la Terre la plus couramment admise à la Renaissance était de **4 004 ans avant J.-C.**

CARTE 2

Buffon estime l'âge de la Terre en étudiant l'épaisseur **des couches sédimentaires**.

CARTE 3

Darwin remet en cause cette estimation car elle n'est pas compatible avec **la vitesse très lente d'évolution de la faune et de la flore** au cours des temps géologiques.

CARTE 4

La période est le temps nécessaire pour que **la moitié de l'activité d'un élément radioactif diminue**.

CARTE 5

On assimile la radioactivité à une horloge car la décroissance radioactive suit **des lois mathématiques** connues, elle est régulière et donc prédictible.

CARTE 6

L'âge de la Terre est estimé à environ **4,5 milliards d'années**.

CARTE 7

Le spectromètre de masse est une technique physique d'analyse permettant de **détecter et d'identifier des isotopes**.

CARTE 8

De nombreux domaines scientifiques ont été utilisés afin de connaître l'âge de la Terre : les **mathématiques**, la **physique**, la **chimie**, la **biologie** et la **géologie**.

Du géocentrisme à l'héliocentrisme

D'un point de vue scientifique, l'Univers est l'ensemble de tout ce qui existe. La place de la Terre dans l'Univers fut l'objet de nombreuses controverses scientifiques au cours des siècles. Deux systèmes cosmologiques se sont affrontés : le géocentrisme et l'héliocentrisme.

1 Le modèle géocentrique

■ Le **modèle géocentrique** date de l'antiquité. Il est défendu par **Ptolémée** et par Aristote qui placent la Terre au centre de l'Univers. Dans ce système, la Terre est immobile. Les planètes et le Soleil tournent autour de la Terre sur des orbites circulaires parfaites. Le modèle géocentrique est autant une conception scientifique qu'une conception philosophique.

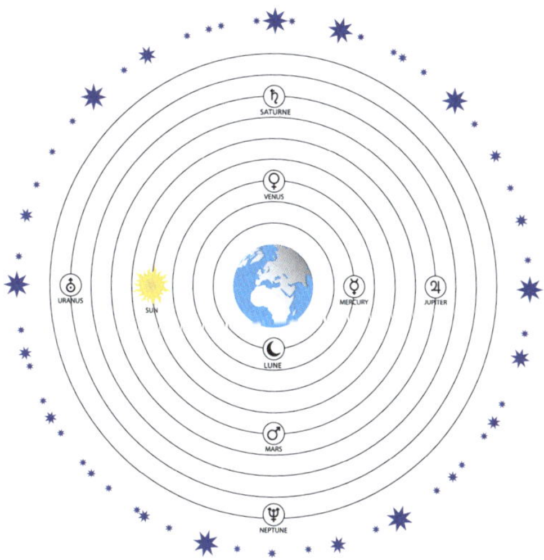

Représentation du modèle géocentrique du système solaire de Ptolémée

■ Ce modèle comporte des défauts. En effet, l'observation astronomique montre que les **planètes** semblent faire des allers-retours sur leur trajectoire au fil des mois. Pour expliquer le mouvement de ces « astres errants », les grecs imaginent les trajectoires des planètes comme des combinaisons de mouvements circulaires complexes.

Vu !

2 Le modèle héliocentrique

■ Un nouveau modèle s'oppose à cette vision de l'Univers. Le **modèle héliocentrique**, défendu par **Copernic**, place alors le Soleil au centre de l'Univers. Les planètes (dont la Terre) tournent sur des orbites circulaires. La Terre tourne aussi sur elle-même.

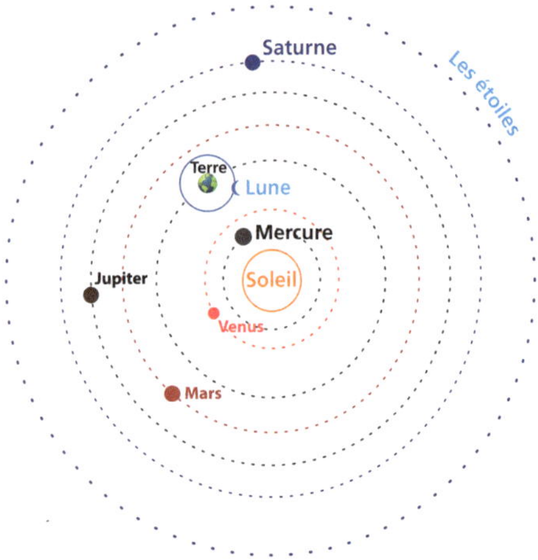

Représentation du modèle héliocentrique de Copernic

■ Dès la fin du XVIe siècle, les observations de la Lune et des planètes par **Galilée** appuient le modèle héliocentrique. Au XVIIe siècle, les lois de **Kepler** permettent de décrire plus précisément les mouvements des planètes autour du Soleil : elles seront expliquées par la loi de gravitation de **Newton**. Et c'est à **Foucault** et son pendule que l'on doit la première expérience prouvant le mouvement de rotation de la Terre, au XIXe siècle.

LE SAIS-TU ?

© Shutterstock/Nerthuz

La sphère armillaire est un ancien instrument d'astronomie. Elle modélise l'Univers en fonctionnement dans le modèle géocentrique. La Terre se situe donc au centre de la sphère.

C'est un instrument constitué de cercles emboîtés permettant de modéliser certains mouvements des astres.

La Lune et ses mouvements

La Lune est le seul satellite naturel de la Terre. Quels sont ses caractéristiques et ses mouvements ? Comment peut-on expliquer l'aspect qu'elle prend chaque soir dans le ciel ?

1 Le système Terre - Lune

■ **La Lune est le satellite de la Terre.** Elle est 50 fois plus petite : son diamètre est de 3 474 kilomètres. La Lune tourne autour de la Terre sur une orbite quasi circulaire de 384 000 kilomètres de rayon. Sa période de révolution est d'environ 27,3 jours.

Taille comparée de la Terre et de la Lune

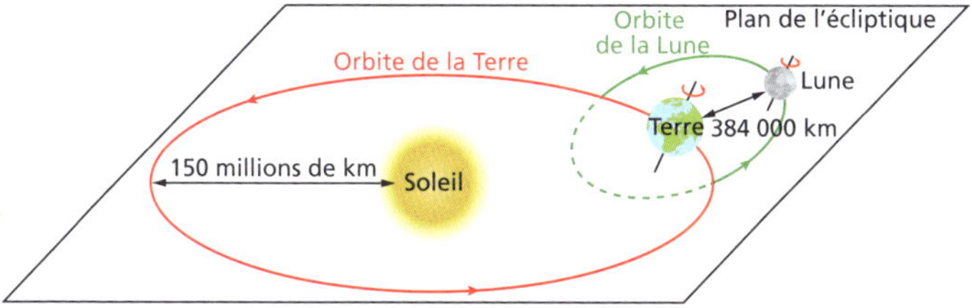

Système Soleil-Terre-Lune

■ La **période de rotation** de la Lune est égale à sa **période de révolution**. C'est pour cette raison que, vue de la Terre, la Lune nous présente toujours la même face. C'est en 1959 que, pour la première fois, la face cachée de la Lune a pu être photographiée par la sonde soviétique Luna 3.

La face cachée de la Lune

Vu !

2 Les phases de la Lune

- La Lune ne produit pas sa propre lumière mais diffuse une partie de celle qu'elle reçoit du Soleil.
- Quelle que soit sa position autour de la Terre, la Lune est toujours à demi éclairée par le Soleil. Comme elle tourne autour de la Terre, vue de cette dernière, la partie éclairée de la Lune par le Soleil change d'aspect : c'est la phase lunaire.

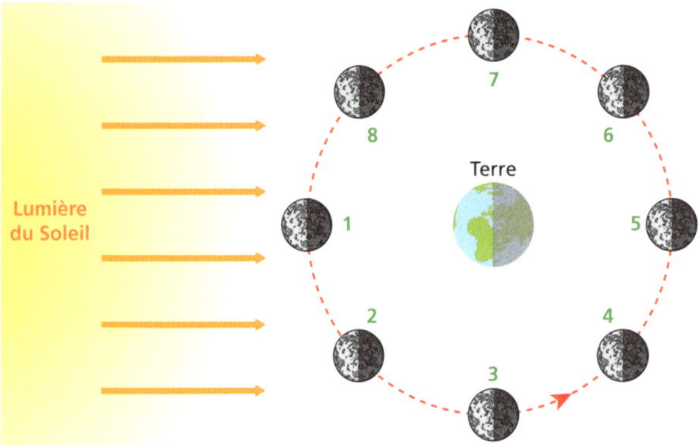

Le cycle de la Lune

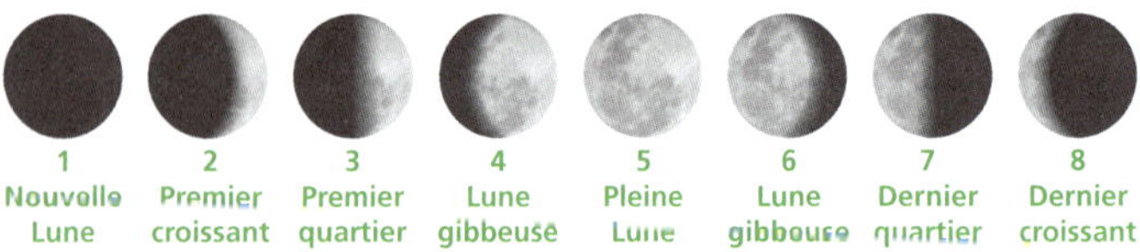

Phase de la lune selon sa position autour de la Terre

LE SAIS-TU ?

© Shutterstock/Castelski

C'est le 20 juillet 1969 que le module Apollo-11 se pose sur la Lune.

L'astronaute américain Neil Armstrong sera le premier à poser le pied sur la Lune.

Cartes RÉVIS'EXPRESS

Révisez les points clés des fiches 31 à 32

La Terre dans l'Univers

CARTE 1

Quel modèle cosmologique est défendu par Ptolémée et Aristote ?

→ Fiche 31

CARTE 2

Où se situe la Terre dans le modèle géocentrique ? Décrire succinctement ce modèle

→ Fiche 31

CARTE 3

Quel scientifique s'oppose au modèle géocentrique ? Quelle est sa vision de l'Univers ?

→ Fiche 31

CARTE 4

Quelle est la vision de l'Univers dans le modèle héliocentrique ?

→ Fiche 31

CARTE 5

Comment Galilée appuie-t-il le modèle héliocentrique ?

→ Fiche 31

CARTE 6

Pourquoi la Lune possède-t-elle une face cachée ?

→ Fiche 32

CARTE 7

Quelle part de la Lune est éclairée par le Soleil ?

→ Fiche 32

CARTE 8

Comment, vue de la Terre, nomme-t-on l'aspect que prend la Lune ?

→ Fiche 32

Vu !

Réponses

CARTE 1

Ptolémée et Aristote proposent une vision de l'Univers centrée sur la Terre : c'est le **géocentrisme**.

CARTE 2

La Terre se situe au **centre de l'Univers** dans ce modèle. Les planètes et le Soleil tournent autour de la Terre sur des orbites circulaires parfaites.

CARTE 3

C'est **Copernic** qui s'oppose au modèle géocentrique. Il propose le modèle héliocentrique et place alors le Soleil au centre de l'Univers. Les planètes (dont la Terre) tournent sur des orbites circulaires.

CARTE 4

Dans le modèle héliocentrique, **le Soleil est au centre de l'Univers**. Les planètes (dont la Terre) tournent sur des orbites circulaires.

CARTE 5

Galilée réalise des **observations astronomiques**. Les **mouvements des astres** qu'il observe lui permettent d'apporter des preuves au modèle héliocentrique.

CARTE 6

La **période de rotation** de la Lune est égale à sa **période de révolution**. C'est pour cette raison que, vue de la Terre, la Lune nous présente toujours la même face. Une face nous est donc toujours cachée.

CARTE 7

La Lune est toujours **à demi éclairée** par le Soleil.

CARTE 8

La Lune tourne autour de la Terre. Vue de la Terre, la partie éclairée de la Lune par le Soleil change d'aspect : c'est **la phase lunaire**.

La nature du son

Un son est une onde produite par la vibration mécanique d'un objet (une corde de guitare par exemple). Comment le son se propage-t-il ? Comment peut-on caractériser un son ?

1 La propagation du son

■ Lorsqu'un objet vibre (corde vocale, diapason, corde de guitare…) il fait vibrer les molécules d'air qui l'entourent. Cette vibration se transmet aux molécules de proche en proche mais il n'y a pas de déplacement global de matière. Quand la vibration arrive jusque dans notre oreille, elle devient un son.

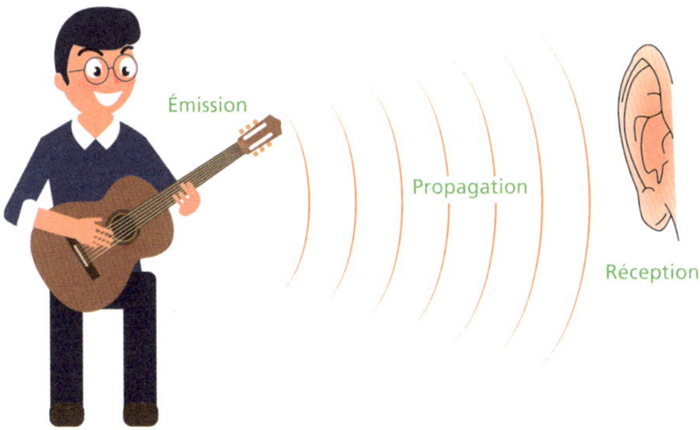

■ Un son a besoin d'un milieu matériel (solide, liquide ou gazeux) pour se propager. Le son ne peut pas se propager dans le vide.

■ La vitesse du son dépend du milieu dans lequel il se propage ainsi que de la température de ce milieu. Le son se propage plus rapidement dans les solides et les liquides que dans les gaz.

La vitesse du son s'obtient par la formule :

$$v = \frac{d}{\Delta t}$$

v : vitesse en mètres par seconde ($m \cdot s^{-1}$)
d : distance en mètres (m)
Δt : durée du parcours en secondes (s)

- Dans l'air, le son se propage à 340 $m \cdot s^{-1}$ (à 20 °C).
- Dans l'eau, le son se propage à 1 500 $m \cdot s^{-1}$.
- Dans l'acier, le son se propage à 5 500 $m \cdot s^{-1}$.

■ Un signal sonore peut être utilisé pour transporter des informations. Un émetteur transforme l'information devant être transmise en signal sonore. Le signal se propage dans un milieu.

Il est capté par un récepteur qui le converti en information. L'ensemble constitue une chaîne de transmission.

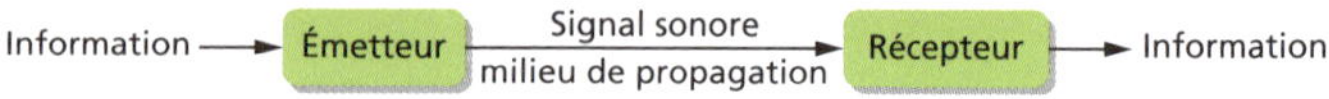

2 La fréquence sonore

■ On appelle **fréquence sonore** f le nombre de vibrations produites par une source sonore en une seconde. La fréquence s'exprime en **hertz** (Hz). Elle peut se mesurer avec un fréquencemètre ou se calculer à partir de la période T.

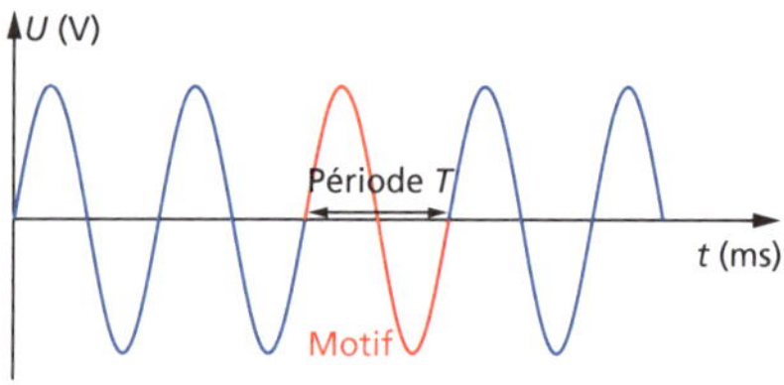

Représentation temporelle du son émis par un diapason

$$f = \frac{1}{T}$$

Fréquence f en hertz
Période T en seconde

■ L'oreille humaine est sensible aux sons compris entre 20 Hz (son grave) et 20 000 Hz (son aigu).

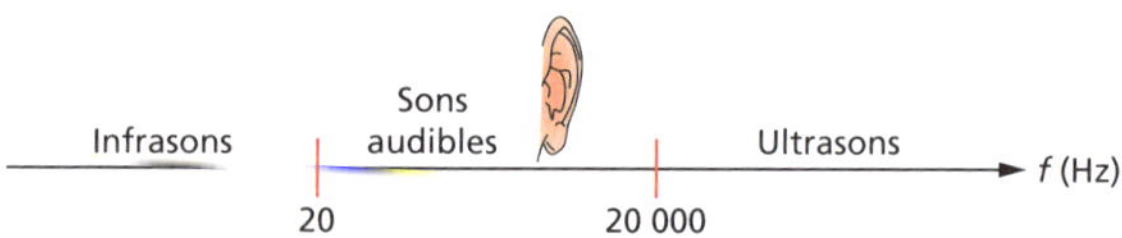

Lorsque la fréquence est basse, le son est grave ($f < 500$ Hz).
Lorsque la fréquence est élevée, le son est aigu ($f > 3\,000$ Hz).

LE SAIS-TU ?

© Shutterstock/John.D.Sirlin

Le son se propage beaucoup moins vite dans l'air ($340\ m{\cdot}s^{-1}$) que la lumière ($3 \times 10^8\ m{\cdot}s^{-1}$).

C'est pour cette raison qu'il y a un décalage entre le tonnerre et l'éclair.

Son pur et son composé

Un son peut être pur ou composé. Comment peut-on différencier les sons ? Comment peut-on les analyser ?

1 Le son pur

Un son pur est caractérisé par une onde sonore sinusoïdale. C'est le cas d'un son émis par un diapason. Sur la représentation, on distingue le motif ainsi que la période T.

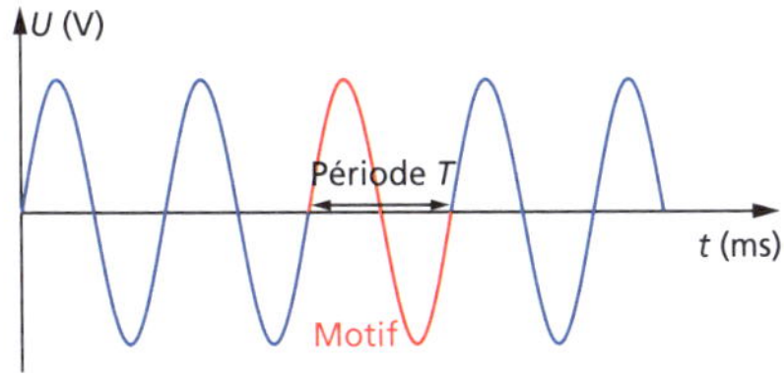

Représentation temporelle d'un son pur

2 Le son composé

■ Un son composé est une onde sonore périodique. Sur sa représentation temporelle, on distingue aussi un motif qui se répète à intervalles de temps identiques. On appelle fondamental f_1, la fréquence de cette onde sonore.

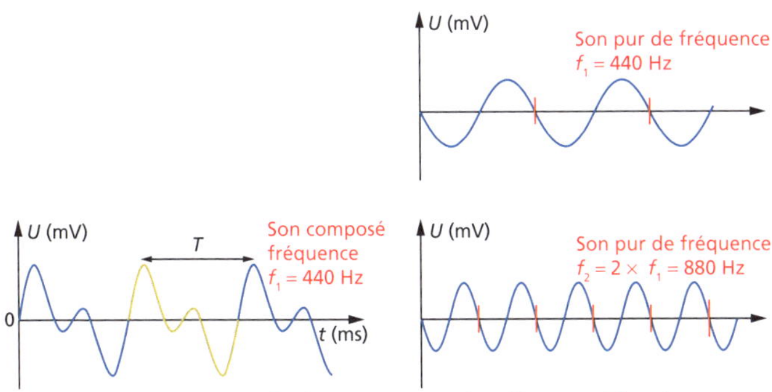

Représentation temporelle d'un son composé et décomposition de ce son

Vu !

■ Un son composé peut être décomposé en une somme de sons purs, appelées **harmoniques**. La fréquence de ces harmoniques est :

$$f_n = n \times f_1$$

f_n fréquence de l'harmonique de rang n
f_1 fréquence du son fondamental

3 Analyse spectrale d'un son

L'analyse spectrale d'un son indique la composition d'un son. Le diagramme en bâtons présentant l'amplitude relative du fondamental et des harmoniques est appelé **spectre d'un son**.

Représentation temporelle d'un son pur

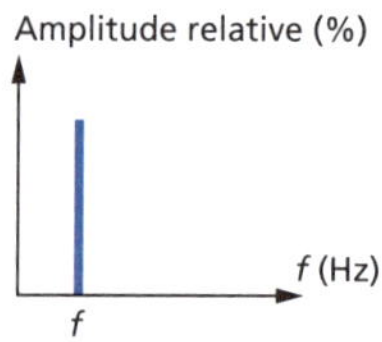

f : fréquence du son pur

Spectre d'un son pur

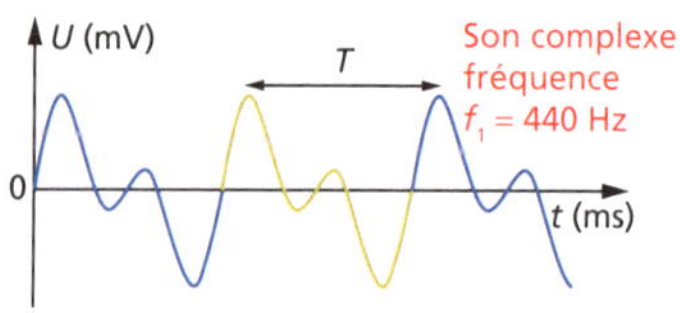

Représentation temporelle d'un son complexe

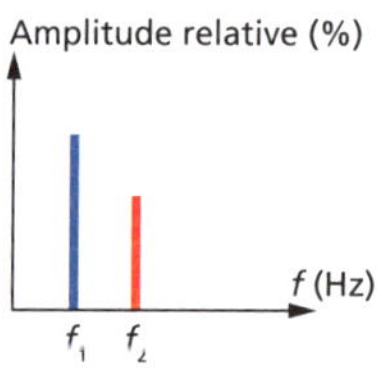

f_1 : fréquence du son fondamental
f_2, … : fréquence(s) de(s) harmonique(s)

Spectre d'un son composé

LE SAIS-TU ?

C'est le mathématicien et physicien français Joseph Fourier qui montra qu'un signal périodique peut être décomposé en une somme de signaux purs.

Mesurer et analyser un son

Deux instruments différents jouant la même note produisent deux sons différents. Comment distinguer ces deux sons ? Quels sont les dangers d'un son ? Comment peut-on mesurer l'intensité sonore ?

1 L'intensité sonore

La sensation auditive perçue par l'oreille humaine dépend de **l'intensité sonore *I*** du son émis. Elle dépend de la puissance acoustique *P* du son ainsi que de la surface *S* du récepteur. L'intensité sonore s'obtient par la formule :

$$I = \frac{P}{S}$$

P en watts (W)
S en mètres carrés (m^2)
I en watts par mètre carré ($W \cdot m^{-2}$)

2 Le niveau d'intensité sonore

La sensation auditive n'étant pas proportionnelle à l'intensité sonore, on définit une nouvelle grandeur permettant mieux d'en rendre compte : **le niveau d'intensité sonore *L*.** Il se mesure avec un sonomètre.

$$L = 10 \log \frac{I}{I_0}$$

I : intensité sonore ($W \cdot m^{-2}$)
$I_0 = 1 \times 10^{-12}\ W \cdot m^{-2}$: seuil d'audibilité
L : niveau d'intensité sonore en décibels (dB)

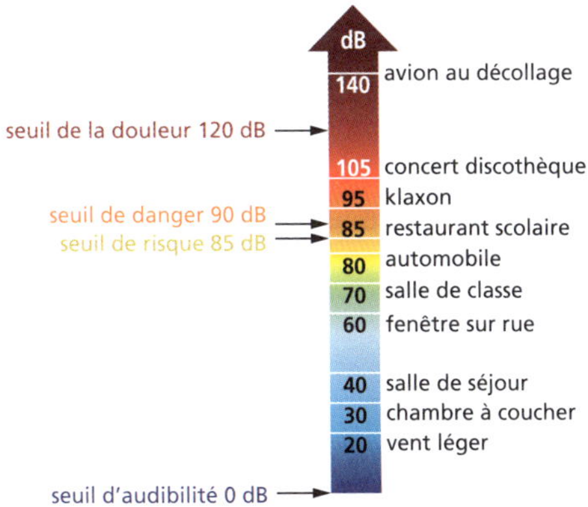

Échelle du bruit en dB

Vu !

3 L'acoustique musicale

■ Lorsque l'on fait vibrer la corde d'un instrument, elle émet un son. La fréquence fondamentale du son émis ne dépend que des caractéristiques de la corde (longueur de la corde, tension de la corde, masse linéique de la corde).

■ Les sons produits par les cordes d'une harpe varient selon la longueur de la corde. Les sons les plus aigus sont obtenus avec les cordes les plus courtes.

■ La fréquence fondamentale du son produit par une corde augmente lorsque la longueur de la corde diminue.

■ Il se produit un phénomène analogue dans un instrument à vent. Une colonne d'air entre en vibration. Pour modifier la hauteur du son (fréquence), on modifie la longueur de la colonne.

© Shutterstock/Peter Voronov

Une harpe

4 La fréquence timbre et la hauteur d'un son

■ La hauteur d'un son est caractérisée par sa fréquence fondamentale.

■ Le timbre d'un son est caractérisé par la composition de son spectre.

■ Deux instruments différents jouant la même note produisent deux sons de même hauteur. La fréquence du son fondamental est donc la même. Les deux instruments n'ont pas le même timbre : leur spectre est donc différent.

LE SAIS-TU ?

© Shutterstock/Dziurek

Il est conseillé de se protéger des sons trop intenses en utilisant des protections auditives, lors de concerts par exemple.

Cartes RÉVIS'EXPRESS

Révisez les points clés des fiches 34 à 36

Le son, un phénomène vibratoire

CARTE 1

Comment est produit un son ?

→ Fiche 34

CARTE 2

Quels sont les deux types de sons ? Comment peut-on les différencier ?

→ Fiche 35

CARTE 3

En quoi peut être décomposé un son composé ?

→ Fiche 35

CARTE 4

De quoi dépend la sensation auditive perçue par l'oreille humaine ?

→ Fiche 36

CARTE 5

Quelle relation lie l'intensité sonore au niveau d'intensité sonore ?

→ Fiche 36

CARTE 6

Quelle est la relation mathématique entre la période T et la fréquence f d'un son ?

→ Fiche 34

CARTE 7

Dans quels milieux peut se propager un son ?

→ Fiche 34

CARTE 8

Qu'est-ce que le spectre d'un son ?

→ Fiche 35

Vu !

Réponses

CARTE 1

Un son est une **onde** produite par la **vibration mécanique** d'un objet (corde de guitare…).

CARTE 2

Un son peut être **pur ou composé**. On peut les différencier grâce à **leur représentation temporelle** ou une **analyse spectrale**.

CARTE 3

Un son composé peut être décomposé en une somme de sons purs, appelées **harmoniques**.

CARTE 4

La sensation auditive perçue par l'oreille humaine dépend de **l'intensité sonore I** du son émis.

CARTE 5

$$L = 10 \log \frac{I}{I_0}$$

I : intensité sonore ($W \cdot m^{-2}$)

$I_0 = 10^{-12}\ W \cdot m^{-2}$: seuil d'audibilité

L : niveau d'intensité sonore en décibels (dB)

CARTE 6

Hz → $f = \frac{1}{T}$

↖ s

CARTE 7

Un son a besoin d'un milieu **solide, liquide ou gazeux** pour se propager.

CARTE 8

L'analyse spectrale d'un son indique la composition d'un son. Le diagramme en bâtons présentant l'amplitude relative du fondamental et des harmoniques est appelé **spectre d'un son**.

De la note à la gamme

En variant la longueur d'une corde vibrante, Pythagore montra que sa fréquence est inversement proportionnelle à sa longueur. Il constata aussi que certaines associations de sons étaient agréables à l'oreille lorsque le rapport de leur longueur avait une valeur particulière.

1 De la fréquence à la note

■ Chaque note jouée par un instrument de musique peut donc être identifiée par sa fréquence fondamentale. On appelle **intervalle** l'écart de hauteur (fréquence) entre deux notes. Il s'obtient par le rapport des fréquences fondamentales des deux notes.

Note	Sol_3	La_3	Si_3
Fréquence (Hz)	392	440	493,88

La fréquence du La_3 est fixée à 440 Hz

■ Deux sons dont les fréquences sont dans le rapport $\frac{2}{1}$ correspondent à la même note, à deux hauteurs différentes. On appelle **octave** l'intervalle qui sépare deux notes dont les fréquences sont dans le rapport $\frac{2}{1}$.

Fréquence Do_3 : 261,63 Hz
Fréquence Do_4 : 523,26 Hz
$\frac{f_{Do4}}{f_{Do3}} = 2$
Le Do_3 et le Do_4 sont séparés par une octave.

2 Les gammes

■ Une **gamme** est une suite de notes réparties sur une octave ayant entres elles des propriétés de consonance. La dernière note répétant la première à l'octave supérieure (pour une gamme ascendante) ou inférieure (pour une gamme descendante).

■ Dès l'antiquité, la construction des gammes est basée sur des fractions simples $\left(\frac{2}{1}, \frac{3}{2}, \frac{4}{3}\right)$.

■ Les **gammes naturelles**, dites **de Pythagore**, sont basées sur le cycle des quintes. La gamme est obtenue en prenant les quintes successives d'une note de départ. Les rapports de fréquence seront donc $\frac{3}{2}, \left(\frac{3}{2}\right)^2, \left(\frac{3}{2}\right)^3, \left(\frac{3}{2}\right)^4$... et en les ramenant sur une seule octave (en divisant par 2 autant de fois que nécessaires afin que la fréquence tienne dans la gamme).

Vu !

Deux sons de fréquence f_1 et f_2 sont à la **quinte** l'un de l'autre si le rapport de leur fréquence $\frac{f_2}{f_1} = \frac{3}{2}$.

Cycle des quintes	**Ramenée à l'octave**
Note de départ **Do₁**	**Do₁**
La quinte du Do₁ est le **Sol₁** : $f_{sol1} = \frac{3}{2} \times f_{do1}$	soit $f_{sol1} = \frac{3}{2} \times f_{do1}$ **Sol₁**
La quinte du Sol₁ est le **Ré₂** : $f_{re2} = \left(\frac{3}{2}\right)^2 \times f_{do1} = \frac{9}{4} \times f_{do1}$	soit $f_{re1} = \frac{f_{re2}}{2} = \frac{9}{8} \times f_{do1}$ **Re₁**
…	on divise par 2 pour ramener à l'octave …

Gamme pythagoricienne basée sur un cycle de sept quintes successives, ramenées sur une seule octave

Note	Do	Ré	Mi	Fa	Sol	La	Si	So
rapport	1	9/8	81/64	4/3	3/2	27/16	243/128	2

Rapport de fréquence dans une gamme pythagoricienne

- Dans une gamme naturelle, **l'écart entre deux notes d'une octave n'est pas constant**. Cette variation peut provoquer des **dissonances**. Une nouvelle gamme a donc été créée afin de remédier à tous ces problèmes de dissonances et de modulation.

- La **gamme tempérée** est constituée de douze notes séparées par des intervalles de temps égaux : un demi-ton.

Do - Do# - Ré - Ré# - Mi - Fa - Fa# - Sol - Sol# - La - La# - Si - Do

Cette gamme est donc constituée de **12 demi-tons**.
Le rapport des fréquences entre deux demi-tons vaut donc $\varepsilon = \sqrt[12]{2}$ (c'est un nombre irrationnel) :

$$\frac{f_{do3\#}}{f_{do3}} = \frac{277{,}18}{261{,}63} = \sqrt[12]{2} \qquad \frac{f_{ré3}}{f_{do3\#}} = \frac{293{,}67}{277{,}18} = \sqrt[12]{2}$$

Dans cette échelle et sur une même octave, on détermine la fréquence d'une note par la formule :

$$f_{note} = f_{do(de\ l'octave)} \times \left(\sqrt[12]{2}\right)^{\text{nombre de demi-ton séparant les deux notes}}$$

LE SAIS-TU ?

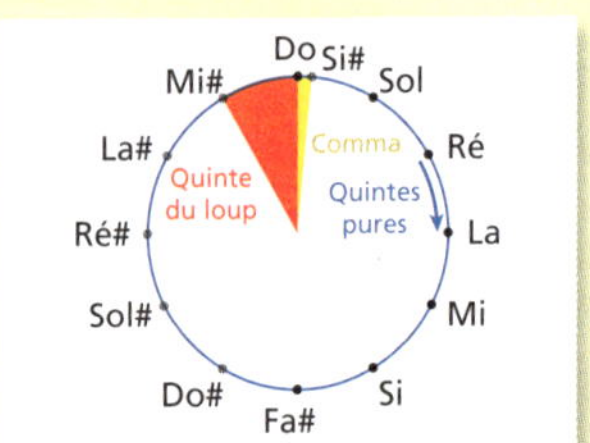

La gamme pythagoricienne comporte onze quintes justes et une quinte fausse. La dernière quinte est dissonante, elle est nommée quinte du loup car lorsqu'elle est jouée, elle semble « hurler ».

Numériser un son

Le son produit par un instrument de musique peut être capté par un microphone. Pour numériser ce son et obtenir un fichier informatique, il faut passer d'un signal analogique à un signal numérique.

1 Le signal analogique et le signal numérique

■ **Un signal analogique** est un ensemble continu d'informations. Il peut prendre une infinité de valeurs. Lorsqu'un micro capte un son, il se crée une variation de tension à ces bornes.

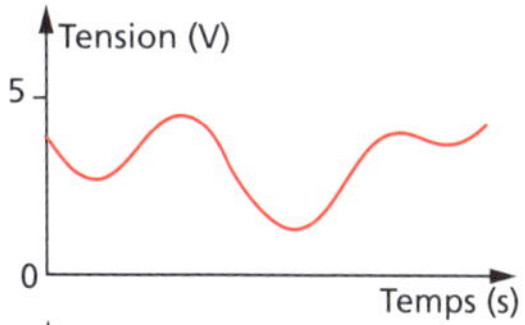

■ **Un signal numérique** est un ensemble discontinu (discret) d'informations. Il ne peut prendre que deux valeurs : 0 et 1.

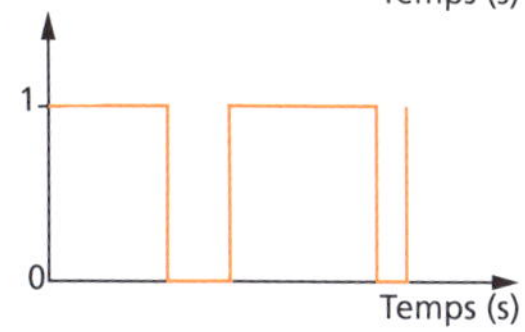

2 Numériser un son

■ Pour **numériser** un son (passer d'un signal analogique à un signal numérique) on procède à la **discrétisation** du signal analogique. On transforme les informations continues dans le temps en grandeurs discontinues qui varient par palier. Cela s'effectue en plusieurs étapes.

■ **L'échantillonnage** consiste à relever à intervalle de temps égaux T_e des échantillons du signal. On appelle **fréquence d'échantillonnage** f_e le nombre d'échantillons relevé par seconde.

$$f_e = \frac{1}{T_e}$$

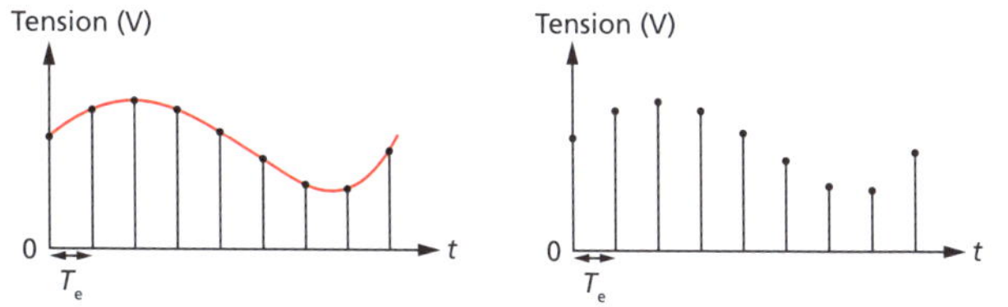

Échantillonnage

Vu !

Pour que la numérisation soit convenable, il faut que la fréquence d'échantillonnage soit au moins deux fois supérieure à la fréquence du son à numériser : c'est le **théorème de Shannon**.

L'échantillonnage couramment utilisé pour numériser un son est de 44,1 kHz car la fréquence maximale audible pour l'oreille humaine est de 20 kHz.

■ **La quantification** consiste à **discrétiser** l'amplitude du signal. Chaque échantillon est alors associé à une valeur d'amplitude, exprimée en bits. Le bit est un chiffre binaire, il peut prendre la valeur **0** ou **1**.

Une quantification en 2 bits, permet de décrire le signal avec 4 valeurs : **00 01 10 11**.

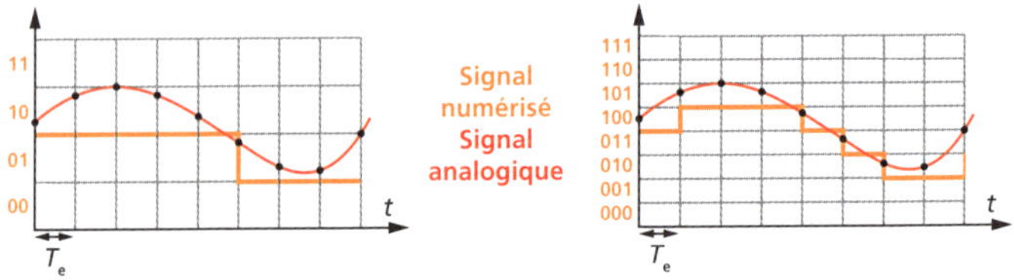

Codage sur 2 bits — Codage sur 3 bits

■ Une quantification en **3 bits** est plus précise qu'une quantification en 2 bits car elle permet de décrire le signal avec **8 valeurs** :

000 001 010 011 100 101 110 111

■ Une quantification en **n bits** permet de traduire la valeur de l'amplitude de l'échantillon avec une précision de **2^n valeurs**.

Plus la quantification est grande, plus le signal numérique sera fidèle au signal analogique.

LE SAIS-TU ?

Le format WAV correspond à un fichier audio non compressé. Une seconde de son correspond à 1 411 kbit de données.

Le format MP3 est un format de compression audio avec perte des données. On supprime les sons peu audibles. Une seconde de son correspond généralement à 128 kbit de données.

Stocker et compresser un son

Pour stocker un son sur un support numérique, il est parfois nécessaire de réduire sa taille. Comment calculer la taille d'un fichier audio ? Comment compresser un fichier son ?

1 La taille d'un fichier audio

- La **taille d'un fichier audio** varie selon la fréquence d'échantillonnage f_e, la quantification Q, le nombre de voies n (son mono $n = 1$, son stéréo $n = 2$) et sa durée t (en secondes). Elle s'exprime en **octets.**
- Elle s'obtient par la formule :

$$N = f_e \times \frac{Q}{8} \times n \times t$$

Ex. : La taille d'un fichier son d'une minute en qualité CD, format Wav non compressé numérisé en 44,1 kHz, 16 bits stéréo (2 voies) est : $N = 44{,}1 \times 10^3 \times \frac{16}{8} \times 2 \times 60 = 10\,584\,000$ octets
1 octet correspond à 8 bits.
Attention, en informatique :
1 kilo octet (Ko) = 1 024 octets ;
1 méga octet (Mo) = 1 024 Ko ;
1 giga octet (Go) = 1 024 Mo.
Le fichier précédent a donc une taille de $\frac{10\,584\,000}{1\,024} = 10\,336$ Ko.
Soit $\frac{10\,336}{1024} = 10$ Mo.

Une clé USB de stockage de données

2 Compresser un fichier son

- Pour transmettre plus rapidement un fichier ou pour qu'il prenne moins de place sur un espace de stockage, on procède à une **compression**. C'est un traitement numérique qui permet de réduire la taille du fichier en dégradant le moins possible la qualité du son à transmettre. On distingue deux types de compression :

– **La compression sans perte** est non destructive. Après le décodage on retrouve le fichier original.
La taille du fichier compressé reste cependant encore importante
– **La compression avec perte** est destructive. Après le décodage on ne retrouve plus le fichier original.

La taille du fichier compressé peut être très réduite par cette méthode.
L'oreille humaine ne peut percevoir un son qu'à partir d'un certain seuil. C'est le principe du masquage. La compression avec pertes utilise cette propriété.

■ Lorsque plusieurs sons sont joués simultanément, le plus intense peut rendre inaudible tous les sons proches en fréquence de ce son. C'est l'effet de **masquage fréquentiel**. Ces sons peuvent donc être masqués.

■ Lorsqu'un son est très intense, l'oreille n'entend plus les sons plus faibles pendant un lapse de temps d'environ 100 ms. C'est le **masquage temporel**. Ces sons peuvent donc être masqués.

■ **Le taux de compression** Q s'obtient par le rapport du volume initial des données par le volume après compression :

$$Q = \frac{\text{taille initiale du fichier}}{\text{taille finale du fichier}}$$

$Q = \frac{10,09}{1,44} \approx 7$. Le fichier compressé est 7 fois plus petit que le fichier original.

Nombre de bits traité par seconde : bitrate (kbps)	Format	Taux de compression	Taille du fichier	Qualité
1 411,2	Wav	1 : 1	10,09 Mo	CD Audio
192	Mp3	1 : 7	1,44 Mo	CD Audio
128	Mp3	1 : 11	0,92 Mo	Proche du CD Audio
96	Mp3	1 : 15	689 ko	Moyenne
64	Mp3	1 :22	470 ko	Mauvaise

Comparaison de la taille du fichier d'un son de 1 minute selon la nature du format et de la compression

LE SAIS-TU ?

© Shutterstock/Istvan Csak

Le format le plus couramment utilisé pour compresser un son est le format MP3. C'est un format de compression avec perte de données. Il consiste à éliminer les informations sonores auxquelles l'oreille humaine est peu sensible.

Cartes RÉVIS'EXPRESS

Révisez les points clés des fiches 38 à 40

Fiche 41

La musique ou l'art de faire entendre les nombres

CARTE 1

Qu'est-ce qu'un intervalle en acoustique musicale ?

→ Fiche 38

CARTE 2

Quelle est la propriété de deux notes séparées par une octave ?

→ Fiche 38

CARTE 3

En quoi consiste la numérisation d'un son ?

→ Fiche 39

CARTE 4

Qu'est-ce qu'un signal numérique ?

→ Fiche 39

CARTE 5

Quelles sont les différentes étapes de la numérisation d'un son ?

→ Fiche 39

CARTE 6

Quel traitement numérique permet de réduire la taille d'un fichier son ?

→ Fiche 40

CARTE 7

Quel est le principe de la compression ?

→ Fiche 40

CARTE 8

Qu'est-ce que le phénomène de masquage ?

→ Fiche 40

Vu !

Réponses

CARTE 1

On appelle intervalle **l'écart de hauteur** (fréquence) entre deux notes. Il s'obtient par le rapport des fréquences fondamentales des deux notes.

CARTE 2

Deux notes séparées par une octave ont les fréquences dans le **rapport $\frac{2}{1}$**.

CARTE 3

Numériser un son consiste à passer d'un **signal analogique à un signal numérique**.

CARTE 4

Un signal numérique est un **ensemble discontinu (discret) d'informations**.
Il ne peut prendre que deux valeurs : 0 et 1.

CARTE 5

Les deux étapes de la numérisation sont l'**échantillonnage** et la **quantification**.

CARTE 6

Pour réduire la taille d'un fichier son, on procède à une **compression**.

CARTE 7

C'est un **traitement numérique** qui permet de réduire la taille du fichier en **dégradant le moins possible** la qualité du son à transmettre.

CARTE 8

L'**oreille humaine** ne peut percevoir un son qu'à partir d'un certain **seuil**. C'est le principe du masquage.

Transmission des ondes sonores dans l'oreille

L'air est le vecteur des sons. Des ondes sonores (air comprimé, relâché) s'y propagent et entrent dans l'oreille où elles sont modifiées. C'est le point de départ de l'écoute.

1 L'organisation de l'oreille

- L'oreille ne se limite pas à sa partie externe. L'essentiel de sa structure se trouve à l'intérieur de la cavité crânienne. Elle est organisée en **trois parties**.
- Le pavillon et le canal auditif forment **l'oreille externe**.
- L'**oreille moyenne** est une cavité remplie d'air, limitée par deux membranes : le **tympan** vers l'extérieur et l'autre au niveau de la **fenêtre ovale**. Cette cavité contient **trois osselets** qui sont, dans l'ordre, de l'extérieur vers l'intérieur : le marteau, l'enclume et l'étrier.
- L'**oreille interne** est formée du **vestibule**, structure permettant le maintien de l'équilibre et de la **cochlée**, constituée de trois canaux enroulés, contenant les récepteurs de l'audition en lien avec le **nerf auditif**.

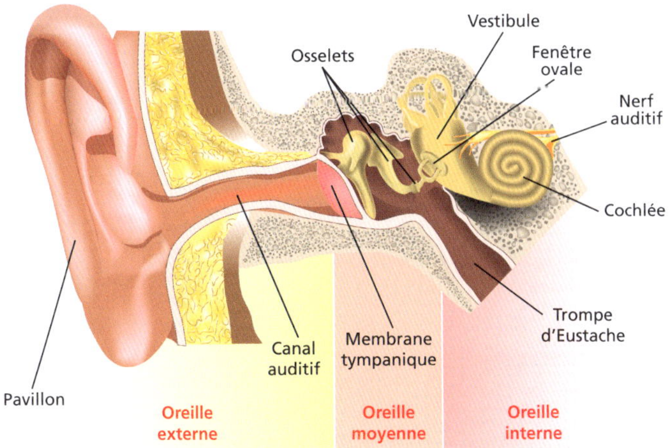

L'organisation de l'oreille

Vu

2 Rôle de l'oreille externe

■ Le pavillon a une forme qui permet de diriger les ondes sonores vers le canal auditif où elles se propagent.

■ Au cours de cette propagation, les ondes sonores sont amplifiées. Leur fréquence ne change pas, mais elles ont une amplitude plus grande. Les sons sont plus forts.

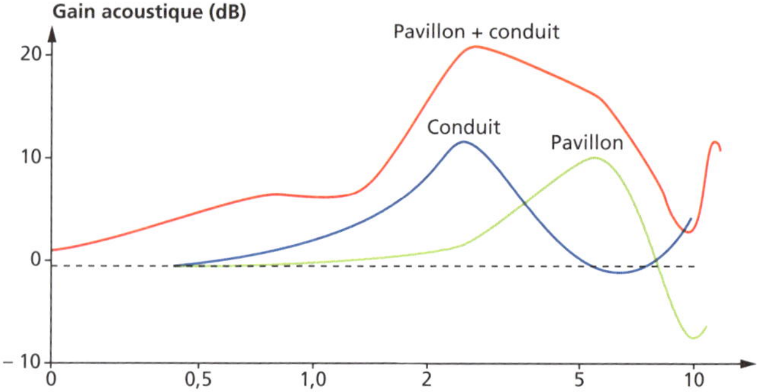

Amplification des ondes sonores dans l'oreille externe

3 Rôle de l'oreille moyenne

■ Au bout du conduit auditif, les ondes font vibrer le tympan qui entre en résonance.

■ Cette résonance est transmise *via* les trois osselets de l'oreille moyenne vers la membrane de la fenêtre ovale.

■ Les trois osselets et la taille plus petite de la fenêtre ovale amplifient les vibrations du tympan.

LE SAIS-TU ?

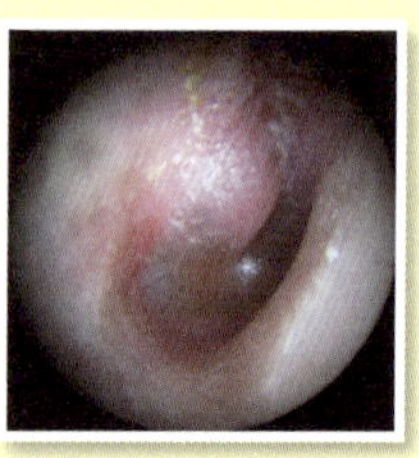

© Shutterstock/Mikhail V. Komarov

Tympan inflammé lors d'une otite

L'oreille moyenne est une structure fragile. Des surdités peuvent se développer suite à la détérioration du tympan ou de la chaîne des osselets par des maladies, comme les otites à répétition.

Réception des ondes par l'oreille interne

L'oreille moyenne constituée de la cochlée reçoit de la fenêtre ovale les vibrations générées par les ondes sonores au niveau du tympan. Cela permet la naissance du message nerveux.

1 La genèse du message nerveux

- La cochlée est un labyrinthe creux constitué de trois canaux en spirale contenant chacun un liquide : de la lymphe.
- Au niveau du canal central, appelé conduit cochléaire, on trouve une structure sensible aux vibrations, l'organe de Corti, constitué de cellules sensorielles ciliées, liées par des cils vibratiles à une structure rigide, la membrane de Corti. On dénombre environ 15 000 cellules.
- Les vibrations de la membrane de la fenêtre ovale mettent en mouvement le liquide qui lui-même met en mouvement la membrane de Corti.

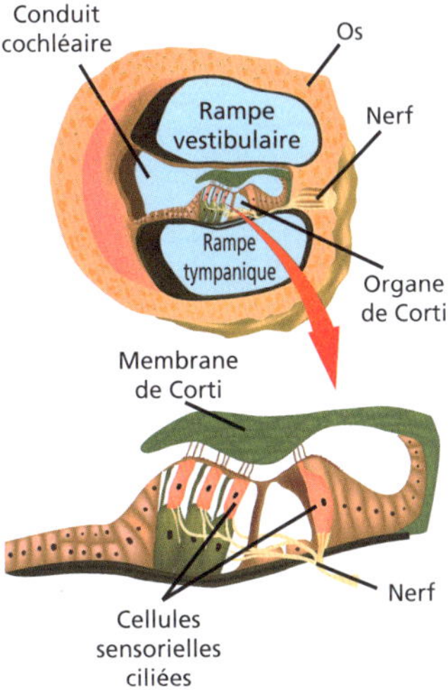

L'organisation de la cochlée

- Les cils vibratiles des cellules ciliées entrent alors en résonance.
- Les cellules génèrent alors un message nerveux transmis par le nerf auditif vers le cerveau.

2 Ce que peut entendre l'oreille

- Le son se propage sous forme d'ondes sonores. Localement, l'air (ou l'eau) est comprimé(e), décompressé(e). L'amplitude de la variation de pression, ou intensité, est mesurée en décibels (dB). Les ondes sont caractérisées par la fréquence de la répétition de la variation de pression. La fréquence est exprimée en hertz (Hz).
- Un être humain jeune est capable d'entendre des sons dont l'intensité varie à peu près entre 0 et 120 dB. En dehors de ces valeurs, l'oreille n'est pas sensible. Des sons de plus de 130 dB deviennent

douloureux. Les mesures montrent que l'oreille humaine est sensible à des fréquences comprises entre 20 et 20 000 Hz.

■ Cette perception diminue avec l'âge et elle dépend de l'état de santé auditif de l'individu.

3 La fragilité de l'oreille interne

■ Les cellules ciliées sont très fragiles face à des sons de fortes intensités émis pendant de longues périodes. Une exposition prolongée à des sons d'intensité supérieure à 80 dB conduit à une destruction définitive et non récupérable de cellules ciliées et donc à une diminution des capacités auditives.

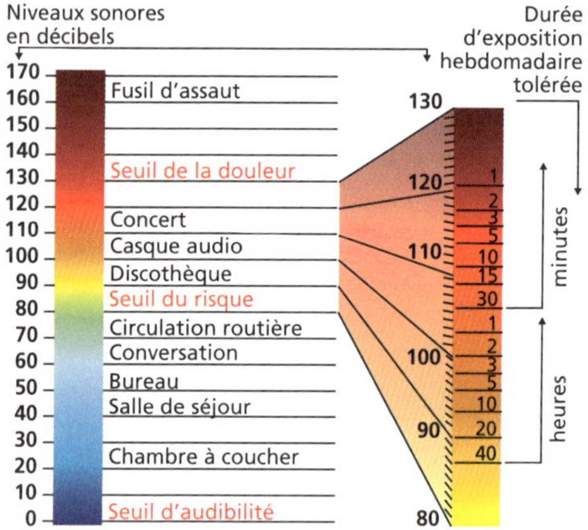

Échelle du son et risque pour la santé.

■ Des mesures d'atténuation du bruit ainsi que des dispositifs individuels de protection existent. Grâce aux innovations technologiques, les appareils auditifs et les dispositifs de protection individuelle ne cessent d'évoluer.

LE SAIS-TU ?

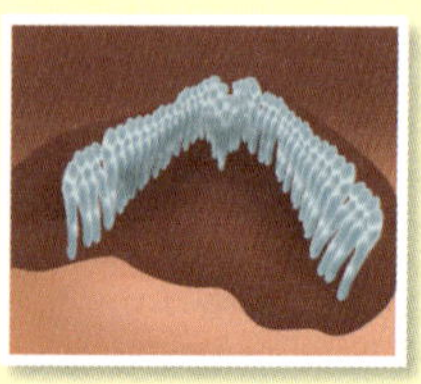

Cellules ciliées saines

Des équipes de chercheurs ont réussi à régénérer des cochlées d'oiseaux... Ce qui rend possible le rêve de retrouver des cellules ciliées fonctionnelles chez l'être humain après lésion.

L'interprétation cérébrale des sons

Fiche 44

Des aires cérébrales spécialisées reçoivent les messages nerveux auditifs. Certaines permettent, après apprentissage, l'interprétation de l'univers sonore (parole, voix, musique, etc.)...

1 Le cortex auditif

- **Les messages nerveux élaborés au niveau des cellules ciliées gagnent le cerveau**. Ces informations sont d'abord envoyées vers le **cortex auditif** sur la partie temporale du cerveau.
- Ce cortex est organisé en deux parties : le cortex primaire et le cortex secondaire, qui reçoivent des informations des deux oreilles.
- Le **cortex auditif primaire** est le lieu d'un traitement simple des informations auditives, comme la reconnaissance de la fréquence des sensations auditives.
- Le **cortex auditif secondaire** contient l'aire du langage. Il permet une compréhension des sons, de la parole.

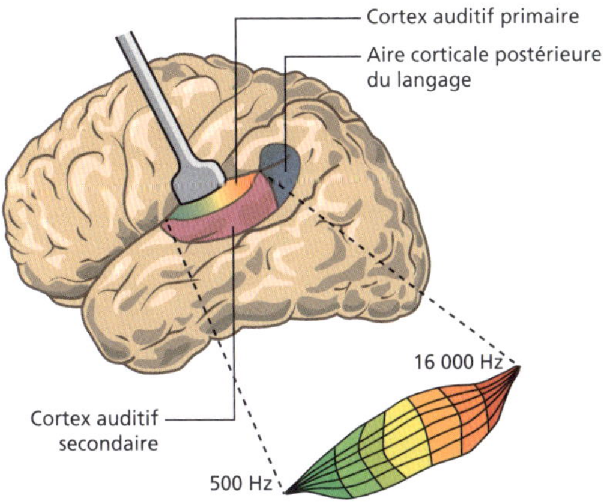

Le cortex auditif

2 L'intervention d'autres aires cérébrales

- **L'imagerie médicale** a permis de comprendre que les informations auditives sont aussi traitées dans d'autres zones du cerveau ayant des fonctions différentes.

Vu !

■ Si l'écoute fait appel à la mémoire, le cortex dit « **frontal** », vers l'avant du cerveau, et une structure profonde, l'« **hippocampe** », sont sollicités.

■ Si le sujet parle en écoutant ou bien bat la mesure sur une musique, c'est le **cortex moteur**, en partie médiane, qui devient actif.

■ Écouter de la musique déclenche des émotions. Ces émotions sont traitées dans des structures profondes du cerveau, comme une zone appelée « **amygdale** », mais aussi dans une zone plus périphérique, appelée le « **cortex orbitofrontal** ».

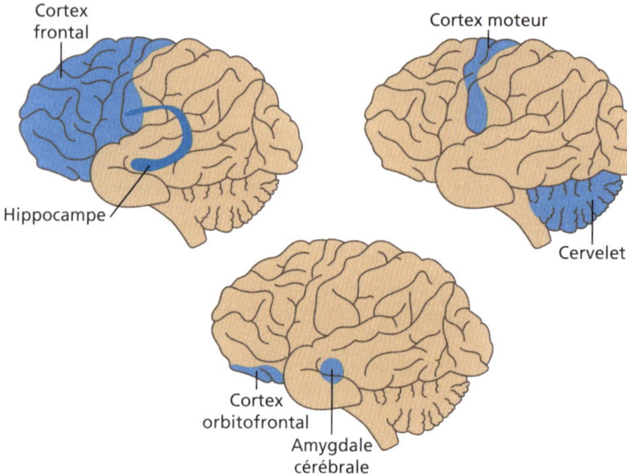

Différentes aires cérébrales impliquées dans l'écoute

■ **Écouter de la musique sollicite tout le cerveau**. C'est ce qui permet de donner du sens à ces vibrations, plus ou moins complexes, perçues par les oreilles.

LE SAIS-TU ?

© Shutterstock/Dmitry Stock

Chez certains malades, suite à un AVC, on diagnostique un désintérêt total pour la musique. On parle d'amusicalité.

Ce n'est pas une histoire de goût. Mais l'AVC peut avoir détruit les amygdales cérébrales.

Cartes RÉVIS'EXPRESS

Révisez les points clés des fiches 42 à 44

Fiche 45

Entendre la musique

CARTE 1

Quels sont les constituant de l'oreille externe ?

↪ Fiche 42

CARTE 2

Que subissent les vibrations dans l'oreille moyenne ?

↪ Fiche 42

CARTE 3

Quelles cellules permettent la formation du message nerveux auditif et comment ?

↪ Fiche 43

CARTE 4

Quelles sont les caractéristiques du champ auditif habituel d'un être humain en bonne santé ?

↪ Fiche 43

CARTE 5

Quel problème pose la fragilité des cellules ciliées de l'oreille interne ?

↪ Fiche 43

CARTE 6

Quel est le rôle du cortex auditif primaire ?

↪ Fiche 44

CARTE 7

Quel peut être le rôle des amygdales cérébrales dans l'écoute de la musique ?

↪ Fiche 44

CARTE 8

Que peut-on dire de cette phrase : « écouter de la musique implique uniquement le cortex auditif » ?

↪ Fiche 44

Vu !

Réponses

CARTE 1

L'oreille externe est constituée du **pavillon** externe à la boîte crânienne et du **conduit auditif** situé dans la boîte crânienne.

CARTE 2

Les vibrations du **tympan** sont transmises aux **trois osselets** qui entrent en vibration et qui, *via* l'étrier, transmettent la vibration à la **fenêtre ovale**. Le long de ce trajet, **les vibrations sont amplifiées**.

CARTE 3

Ce sont les **cellules ciliées** de la cochlée qui perçoivent les vibrations du liquide (lymphe) au sein de cette structure. Elles génèrent alors un message nerveux auditif.

CARTE 4

Un être humain jeune entend des sons dont l'amplitude est située **entre 0 et 120 dB** et dont les fréquences sont comprises **entre 20 et 20 000 Hz**.

CARTE 5

Les cellules ciliées sont peu nombreuses, **15 000** en tout. Leur destruction par une exposition durable à des sons trop intenses peut conduire à des **surdités définitives**.

CARTE 6

Le cortex auditif primaire traite simplement les informations auditives, comme la **reconnaissance de la fréquence des sensations auditives**.

CARTE 7

Les amygdales cérébrales sont impliquées dans le traitement des **émotions** que peut déclencher la musique.

CARTE 8

L'imagerie médicale montre que ce n'est pas seulement le cortex auditif qui est sollicité dans l'écoute de la musique mais **tout le cerveau**.